DU MÊME AUTEUR

VIVRE !

DU MÊME AUTEUR

VIVRE !, Le Livre de poche, 1994 ; Babel n° 880.
UN MONDE ÉVANOUI, Philippe Picquier, 1994.
LE VENDEUR DE SANG, Actes Sud, 1997 ; Babel n° 748.
UN AMOUR CLASSIQUE, Actes Sud, 2000 ; Babel n° 955.
CRIS DANS LA BRUINE, Actes Sud, 2003.
1986, Actes Sud, 2006.
BROTHERS, Actes Sud, 2008 ; Babel n° 1003.
SUR LA ROUTE À DIX-HUIT ANS, Actes Sud, 2009.
LA CHINE EN DIX MOTS, Actes Sud, 2010 ; Babel n° 1217.
LE SEPTIÈME JOUR, Actes Sud, 2014 ; Babel n° 1537.
MORT D'UN PROPRIÉTAIRE FONCIER ET AUTRES COURTS ROMANS,
Actes Sud, 2018.

Première publication :
Librairie générale française, 1994

Titre original :
Huozhe
© Yu Hua, 1994

© ACTES SUD, 2008
pour la traduction française
ISBN 978-2-330-02668-4

YU HUA

VIVRE !

roman traduit du chinois
par Yang Ping

BABEL

Il y a dix ans, j'ai eu un travail bien tranquille qui consistait à parcourir la campagne pour y recueillir des chansons populaires. Libre comme un moineau, j'ai passé tout un été à voyager à travers les villages et les champs peuplés de cigales et inondés de rayons de soleil. J'aimais beaucoup le thé un peu amer que préparaient les paysans. Comme ils posaient souvent leur seau de thé sous les arbres, au bord des champs, je n'hésitais pas à me servir avec le bol déjà maculé qui se trouvait à côté. J'en profitais également pour remplir ma gourde et bavarder quelques instants avec les paysans. Puis, je repartais, l'air dégagé, suivi du rire silencieux que j'avais moi-même provoqué chez les jeunes filles.

Un jour, j'ai bavardé tout un après-midi avec le vieux gardien, chargé de veiller à ce qu'on ne vole pas les pastèques. Je n'ai jamais mangé autant de pastèques de ma vie. J'ai eu un mal fou ensuite à me lever et à marcher, avec mon ventre ballonné de femme enceinte. Et je suis resté longtemps assis sur le seuil d'une maison, à côté d'une grand-mère qui, tout en tressant des chaussures de paille, me chantait : "Grossesse de dix mois".

Mon plus grand plaisir était de regarder, au crépuscule, les paysans arroser le sol brûlant avec de
l'eau qu'ils tiraient du puits. La lumière du couchant
baignait la cime des arbres. Un éventail de palmes à
la main, je goûtais leurs légumes – qu'ils préparaient
avec beaucoup de sel –, j'observais les filles, et je
bavardais avec les hommes.

Je portais un chapeau de paille à larges bords et,
chaussé de sandales, je flânais dans les sentiers qui
bordaient les champs en bâillant, bouche grande
ouverte. La serviette que j'avais accrochée derrière, à
ma ceinture, me tapotait les fesses comme une queue
de cheval et, avec mes sandales, je soulevais la poussière du chemin comme une voiture au galop.

Je me suis promené un peu partout. Je ne me rap-
pelle plus exactement dans quels villages je me suis
ou non rendu. Mais quand j'approchais de l'un d'eux,
j'entendais les enfants crier :

— Le grand bâilleur revient !

Les gens du village étaient ainsi informés du retour
de l'homme qui racontait des histoires fantastiques et
chantait des chansons nostalgiques. En réalité, c'était
eux qui m'avaient enseigné tout cela. Si je connais
bien leurs joies et leurs plaisirs, c'est que leurs plaisirs
sont aussi les miens.

J'avais aperçu un jour un vieil homme en sanglots.
Effondré au bord de la rizière, il avait des bleus sur
tout le visage. A mon arrivée, il releva la tête et se mit
à pleurer de plus belle. Je lui demandai qui avait pu le
frapper avec autant de violence. Il me répondit avec
véhémence, tout en chassant de la main la boue de

son pantalon, que c'était son fils – un mauvais fils. Il ne put évidemment pas m'expliquer pour quelle raison. C'est ainsi que je compris qu'il avait dû faire quelque chose d'inavouable avec sa belle-fille.

Un soir que je marchais au bord d'un étang avec une lampe de poche, j'aperçus deux personnes toutes nues, allongées l'une sur l'autre. Pris dans le faisceau de ma lampe, le couple n'osa pas bouger. Je vis seulement l'un d'eux se gratter furtivement la jambe. J'éteignis ma lampe et me sauvai très vite.

Une autre fois, à midi, en pleine saison agricole, alors que j'entrais dans une maison pour y chercher à boire, je fus vivement repoussé par un homme en caleçon. Affolé, il me conduisit près d'un puits, s'empressa de me monter un seau d'eau, puis rentra dans la maison en se faufilant comme un rat.

J'avais emmagasiné presque autant d'histoires de ce genre que de chansons. Et devant cette campagne, verte à l'infini, je comprenais mieux pourquoi les céréales poussaient là avec tant de vigueur.

Cet été-là, j'ai bien failli me fiancer. J'avais rencontré une jeune paysanne, d'une beauté éclatante. Son visage, un peu foncé, m'est encore présent à l'esprit. Lors de notre rencontre, elle était assise sur l'herbe, au bord d'un étang, les jambes de son pantalon relevées. Elle surveillait un groupe de canards bien dodus en jouant négligemment avec une canne de bambou. Cette jeune fille timide, de seize ou dix-sept ans, passa un après-midi entier avec moi, en pleine chaleur. Chaque fois qu'elle me souriait, elle baissait la tête, redescendait les jambes de son pantalon et cachait ses pieds nus dans l'herbe. Cet après-midi-là, parlant sans réfléchir, je lui proposai d'entreprendre un voyage à deux. Elle en fut surprise mais enchantée. A ce moment-là, j'étais plein d'enthousiasme et ce projet m'était vraiment venu du fond du cœur. J'étais heureux avec elle, je ne pensais pas à l'avenir. Quand je vis arriver ses trois frères, forts comme des buffles, la peur me prit et je compris que si je ne m'enfuyais pas tout de suite, j'allais être obligé d'épouser leur sœur.

C'est au début de cet été-là que j'ai rencontré un vieil homme, du nom de Fugui.

Je me trouvai, un après-midi, sous un arbre au feuillage touffu, alors que la récolte avait déjà été faite. Quelques femmes, coiffées d'une serviette, étaient en train de déraciner les plants de coton. De temps en temps, avec un balancement des hanches, elles les secouaient pour en faire tomber la boue, collée aux racines. Je retirai mon chapeau de paille, décrochait la serviette de ma ceinture, et me mis à essuyer mon visage baigné de sueur. J'allai m'asseoir contre un arbre, face à un étang qui virait doucement au jaune sous les rayons du soleil. Gagné par le sommeil, je m'allongeai sur l'herbe. Puis, mon chapeau rabattu sur le visage, la tête sur mon sac à dos, je fermai les yeux à l'ombre des feuillages.

Ce moi que j'étais il y a dix ans, allongé entre l'herbe et le feuillage, dormit pendant deux heures. Des fourmis grimpaient sur mes jambes et, sans me réveiller vraiment, je les chassais avec des chiquenaudes. Il me sembla que j'étais au bord de l'eau. Au loin, sur un radeau de bambou, un vieillard se

10

déplaçait à l'aide d'une longue perche en poussant des cris retentissants. Lorsque je m'arrachai à mon rêve, les cris persistèrent pour devenir une réalité. En me levant, j'aperçus près de la rizière un vieil homme qui essayait de faire entendre raison à un vieux buffle.

Le buffle se tenait debout, tête baissée, épuisé sans doute par le travail aux champs, et le vieux, dos nu, mains sur sa charrue, semblait pester contre la passivité de son animal :

— Les buffles sont nés pour labourer les champs, les chiens pour garder la maison, les moines pour demander l'aumône, les coqs pour annoncer le lever du jour et les femmes pour tisser. C'est une vérité éternelle. Tu connais un buffle qui ne travaille pas aux champs ? Allez, remue-toi.

Le buffle épuisé releva la tête et fit quelques pas en tirant la charrue. Comme s'il avait conscience de sa faute.

Le vieux avait la peau du dos aussi tannée que celle de son buffle. Arrivés au crépuscule de leur vie, ces deux êtres travaillaient une terre très dure, qui se soulevait pareille aux vagues hérissant la surface de l'eau. Plus tard, j'entendis le vieux chantonner une chanson d'autrefois, d'une voix rauque mais émouvante. Une longue introduction d'abord, suivie de deux vers :

L'empereur m'a convoqué pour devenir son gendre
Mais je n'irai pas, la route est trop longue

Satisfait de son sort, le vieux n'avait pas non plus envie de prendre la route. L'espèce de bonheur qui était le sien me fit éclater de rire. Sans doute parce que le *buffle avait ralenti son rythme de travail, le vieux se remit à crier :*

— *Erxi, Youqin, ne faites pas les paresseux. Jiazhen et Fengxia travaillent bien eux, et Kugen aussi.*

Comment un seul buffle pouvait-il avoir tant de noms ? Etonné, j'allai à la rencontre du vieux qui approchait :

— *Il a combien de noms, votre buffle ?*

Le vieux, mains sur sa charrue, m'observa un bon moment avant de me demander :

— *Vous venez de la ville ?*

— *Oui.*

— *Je l'avais deviné tout de suite, déclara-t-il, l'air satisfait.*

— *Il a combien de noms au juste, votre buffle, insistai-je.*

— *Il s'appelle Fugui, c'est tout, répondit-il.*

— *Pourtant, vous lui avez donné plusieurs noms.*

— *Haha...*

Visiblement content, le vieux s'était mis à rire. Il fit un geste mystérieux de la main, mais ne laissa pas encore aller sa langue. Voyant le buffle relever la tête, il gronda :

— *Baisse la tête, tu n'as pas le droit d'écouter.*

Le buffle obéit et baissa la tête. Alors, le vieux me chuchota à l'oreille :

— *J'ai peur qu'il apprenne qu'il est seul à labourer, alors je crie plusieurs noms pour le tromper. Quand il entend qu'il y a d'autres buffles qui travaillent comme lui, il ne peut plus se permettre d'être mécontent et il tire la charrue avec plus d'ardeur.*

Le visage tanné et souriant du vieux rayonnait sous le soleil. Ses rides, où s'entassait la poussière comme dans les sentiers qui bordaient la rizière, étaient des rides de joie.

Cet après-midi-là, le vieux et moi nous restâmes ensemble sous l'arbre au feuillage touffu et il me raconta sa vie.

*

Il y a quarante ans, mon père se promenait souvent par ici. Vêtu d'un habit de soie noire, il marchait toujours les mains croisées dans le dos. En sortant de la maison, il avait l'habitude de dire à sa femme :

— Je vais faire un tour sur les terres de la famille.

Les fermiers qui apercevaient mon père marchant sur ses terres, devaient tous poser les deux mains sur leur houe et l'appeler respectueusement "maître". En ville, les gens l'appelaient "monsieur".

Mon père avait beau occuper une position sociale élevée, il faisait ses besoins de la même façon que les pauvres. Au lieu d'utiliser le seau hygiénique qui se trouvait à côté de son lit, il préférait se rendre, comme les bêtes, sur des terres non cultivées. Au crépuscule, il sortait de la maison en faisant des rots qui rappelaient les croassements d'une grenouille, et se dirigeait à petits pas vers le lieu d'aisances, à l'entrée du village.

Comme il ne supportait pas les saletés qui maculaient les bords du baquet, il y grimpait et s'accroupissait.

Etant donné son âge, ses excréments étaient aussi secs que lui et il les évacuait avec beaucoup de peine. Toute la famille entendait alors les cris de douleur qu'il poussait. C'est de cette manière que, durant quelques dizaines d'années, mon père a fait ses besoins. A plus de soixante ans, il pouvait encore rester accroupi de longs moments sur le baquet. Ses deux jambes étaient aussi robustes que des pattes d'oiseau.

Mon père aimait regarder la nuit tomber et envelopper ses terres. Agée alors de trois ans, ma fille, Fengxia, allait souvent voir son grand-père faire ses besoins à l'entrée du village. Accroupi sur le baquet, ses jambes tremblotaient et Fengxia lui demandait :

— Grand-père, pourquoi tu bouges ?

— C'est à cause du vent, répondait mon père.

A cette époque, notre famille n'était pas encore ruinée. Nous, les Xu, nous possédions plus d'une centaine de *mu** de terres qui s'étendaient d'ici jusqu'à la cheminée de l'usine que vous voyez là-bas. Mon père et moi, le "vieux" et le "jeune" maître, nous étions connus très loin aux environs pour notre richesse. Quand nous marchions, nos chaussures résonnaient comme des sapèques** qui s'entrechoquent. Ma femme, Jiazhen, issue aussi d'une famille riche, était la fille du propriétaire d'un magasin de riz de la ville. Et comme les riches se marient entre eux, leur fortune se multipliait. En s'empilant, les sapèques faisaient

* 1 *mu* = 0,065 ha.
** Pièce de monnaie de bronze, à trou carré, de très peu de valeur.

14

un agréable cliquetis. Voilà bien quarante ans que je n'ai pas entendu ce bruit.

J'étais très dépensier. Selon l'expression de mon père, j'étais un fils indigne. J'avais fait quelques années d'études dans une école privée. Rien ne me faisait plus plaisir alors que d'entendre mon professeur me demander de lire. Je me levais, un "texte de mille caractères" à la main, et je lui disais :

— Ecoute bien, papa va te lire un passage.

Le vieux professeur se plaignait auprès de mon père :

— Le jeune maître deviendra sans nul doute un voyou.

Selon mon père, j'étais incorrigible depuis ma plus tendre enfance. Le professeur, lui, prétendait que j'étais du bois pourri, impropre à la sculpture. Aujourd'hui, je pense qu'ils avaient raison tous les deux, mais ce n'était pas le cas à l'époque. J'avais de l'argent, j'étais le fils unique des Xu, le seul bâton d'encens qui leur restait, et si je venais à m'éteindre, les Xu n'auraient plus de descendant. Voilà ce que je pensais.

Je n'allais pas à pied à l'école. Un fermier de la famille m'y emmenait sur son dos. Après la classe, il était de nouveau là à m'attendre, dos tendu avec déférence. Je montais sur lui, je lui tapais sur la tête et j'ordonnais :

— Cours, Changgen.

Le fermier se mettait alors à courir. Perché sur son dos, je ballottais tel un moineau sur la cime d'un arbre. Alors je lui criais :

— Vole !

Et Changgen sautait, faisant mine de s'envoler.

Quelques années plus tard, ce fut la ville qui m'attira. J'y partais souvent pour une quinzaine de jours, vêtu de soie blanche, les cheveux lisses et brillants. Quand je regardais mes cheveux laqués d'huile noire dans la glace, c'était l'image d'un homme riche que je contemplais.

J'aimais fréquenter les maisons closes, écouter les coquettes bavarder et rire toute la nuit. Ces bruits m'émoustillaient. Dès qu'il commence à courir les filles, l'homme ne peut s'empêcher de jouer aussi. Comme les épaules relient les deux bras, ces deux vices sont inséparables. Plus tard, les jeux d'argent l'ont emporté et je ne suis plus allé dans les maisons closes que pour me détendre un peu, comme celui qui a trop bu a besoin d'aller aux toilettes ou de pisser, pour parler clairement. Les jeux d'argent, c'était tout autre chose. En m'y livrant, je me sentais à la fois envoûté et tendu et, paradoxalement, quand j'étais tendu, j'éprouvais une indicible sensation de bien-être. Auparavant, je traînais sans but. Chaque matin au réveil, je me demandais avec inquiétude ce que je pourrais faire de ma journée. Mon père soupirait et me reprochait de ne pas honorer nos ancêtres. Moi, je considérais que je n'étais pas condamné à les honorer, ces ancêtres. Au nom de quoi devrais-je renoncer aux joies présentes et travailler dur pour honorer mes ancêtres ? D'ailleurs, mon père avait fait la même chose dans sa jeunesse. Autrefois, ma famille possédait plus de deux cents *mu* de terres. Par sa conduite, il les avait ramenés à guère plus d'une centaine.

— Ne t'en fais pas. Mon fils, lui, saura honorer nos ancêtres, répondis-je un jour à mon père.

Il fallait bien laisser à la génération suivante quelques bonnes actions à accomplir…

Ma mère avait éclaté de rire en entendant ma réponse. Elle m'apprit en cachette que mon père, dans sa jeunesse, avait répliqué la même chose à mon grand-père. "Alors, il veut m'obliger à faire ce qu'il n'a pas su faire lui-même ? Comment accepter ça ?" me suis-je dit.

A cette époque, mon fils Youqin n'était pas encore né et ma fille Fengxia avait tout juste quatre ans. Jiazhen, enceinte de Youqin depuis six mois, n'était pas très plaisante à regarder. Elle marchait les pieds écartés, comme si elle avait un petit pain à la vapeur coincé entre les jambes. Cela m'était désagréable et je lui fis cette réflexion :

— Toi, si le vent souffle sur ton ventre, il va te faire tourner.

Jiazhen ne me contredisait jamais. Offensée par mes propos, elle se contenta de murmurer :

— Moi, je n'ai pas grandi dans la peur du vent.

Depuis que j'avais commencé à jouer à des jeux d'argent, j'avais vraiment envie d'honorer mes ancêtres : je voulais reconquérir les terres perdues par mon père. Un jour, celui-ci me demanda ce que je faisais à la ville.

— Je ne me laisse plus vivre, maintenant. Je fais du commerce.

— Quel genre de commerce ?

Ma réponse l'avait rendu furieux car, dans sa jeunesse, il avait fait la même à son père. Sachant que

17

j'étais joueur, il se déchaussa et me frappa. J'esquivais les coups, pensant qu'il s'arrêterait rapidement. Or, ce père qui n'avait de force que pour tousser, se mit à me frapper de plus belle. Ne voulant pas me laisser écraser comme une mouche, je lui saisis la main.

— Bon sang, père, lâche-moi ! m'écriai-je. Je t'ai laissé faire parce que c'est toi qui m'as mis au monde. Mais lâche-moi maintenant, bon sang de bon sang !

Je lui tenais une main, mais ôtant de l'autre sa chaussure de toile, il chercha encore à me frapper. Alors je lui saisis aussi la main droite et l'immobilisai. Il se passa un bon moment avant que mon père, tremblant de fureur, ne s'écrie :

— Fils indigne !

— Va au diable ! ripostai-je.

Je le repoussai et il tomba dans un coin, contre le mur.

Dans ma jeunesse, j'avais pratiqué tous les vices : je buvais, je courais les filles, je jouais… Dans la maison close que je fréquentais, et qui s'appelait *La Pagode Verte*, il y avait une grosse fille qui me plaisait beaucoup. Quand elle marchait, ses deux fesses rondes se balançaient comme des lanternes. Au lit, elle ne bougeait pas. Et moi, allongé sur elle, je me berçais comme un bateau sur la rivière. Je lui demandais souvent de me porter sur son dos pour aller faire un tour dans la rue. Avec elle, j'avais l'impression de monter un cheval.

Chen, mon beau-père, vêtu d'un vêtement de soie noire, officiait derrière les rayons de sa boutique. Chaque fois que je passais par là, j'attrapais la fille par les cheveux pour l'arrêter, puis je soulevais mon chapeau et saluais mon beau-père :

— Comment allez-vous ces jours-ci ?

Son visage s'assombrissait, prenait la couleur des œufs de cent ans* et je m'éloignais en riant. Mon père prétendit plus tard que mon beau-père en était souvent tombé malade de colère.

— Qu'est-ce que tu me racontes ? lui répondis-je. Toi, mon père, tu ne tombes pas malade de colère. Où a-t-il pris que j'étais responsable de sa maladie ?

Je savais que mon beau-père avait peur de moi. Quand je passais devant chez lui, il se faufilait à toute vitesse dans l'arrière-boutique, comme un rat. Il voulait éviter de me voir. Mais moi, son gendre, j'avais un devoir de politesse envers lui et je hurlais un grand bonjour à ce beau-père qui se faufilait dans l'arrière-boutique comme un rat.

La scène la plus spectaculaire eut lieu le jour où l'armée du Guomindang, après la capitulation des "petits" Japonais, devait entrer en ville et reprendre possession du territoire. Ce jour-là, la ville était particulièrement animée. Des gens affluaient de toutes parts, brandissant des petits drapeaux multicolores. Le drapeau national flottait devant chaque magasin. Mon beau-père avait suspendu devant le sien un portrait de Chiang Kai-shek, aussi grand qu'une porte à double

* Appellation donnée par les Européens à des œufs préparés d'une façon qui en change le goût et la couleur. Ils deviennent gris foncé à l'intérieur.

battant. Trois de ses employés se tenaient assis sous la poche droite du maréchal.

J'avais passé toute la nuit à jouer, à *La Pagode Verte*, et ma tête pesait aussi lourd sur mes épaules qu'un sac de riz. Comme cela faisait une quinzaine de jours que je n'étais pas rentré chez moi, mes vête-ments commençaient à dégager une odeur âcre et fétide. J'allai tirer la grosse prostituée de son lit pour qu'elle me ramène à la maison sur son dos, et je fis également venir un palanquin pour qu'on la recon-duise ensuite à *La Pagode Verte*.

Avec moi sur son dos, la fille marchait rapidement vers une des portes de la ville, tout en bougonnant : même monsieur Tonnerre ne réveille pas les gens qui dorment ! Il fallait avoir un cœur de pierre pour l'avoir obligée à se lever alors qu'elle venait à peine de se coucher ! Je fis aussitôt glisser une pièce d'ar-gent entre ses seins, et elle se tut. Quand nous arri-vâmes à la porte de la ville et que j'aperçus la foule qui s'y trouvait rangée des deux côtés, ma mauvaise humeur se dissipa.

En tant que président de l'association des commer-çants de la ville, mon beau-père était au milieu de la rue et criait :

— Rangez-vous ! Rangez-vous ! Quand l'armée du Guomindang arrivera, tout le monde devra l'ap-plaudir et l'acclamer.

Les gens qui m'avaient vu se mirent à rire et à crier :
— Ils arrivent ! Ils arrivent !

Quand il comprit qu'il ne s'agissait pas de l'armée du Guomindang, mon beau-père se cacha bien vite dans un coin. Assis comme sur un cheval, je serrai la fille entre mes jambes et lui ordonnai :

— Cours ! Cours !

Des deux côtés de la rue les gens éclatèrent de rire. La fille se mit à courir. Essoufflée, elle m'injuria :

— Homme sans cœur ! La nuit tu m'écrases, et le jour tu me grimpes sur le dos. Et maintenant, tu me forces à courir vers ma mort !

Je saluais les gens au passage, riant aux éclats, bouche grande ouverte. Arrivé devant mon beau-père, je saisis la fille par les cheveux et lui ordonnai :

— Arrête-toi ! Arrête-toi !

La fille s'arrêta avec un soupir de soulagement et je criai :

— Beau-père, votre gendre vient vous dire bonjour.

Il en perdit contenance. Il resta planté là, l'air stupide, les lèvres tremblantes.

— Je t'en supplie, fais-moi la grâce de t'en aller, finit-il par articuler au bout d'un long moment.

On avait l'impression que sa voix venait d'ailleurs.

Certes, ma femme était au courant de toutes mes aventures. Mais Jiazhen était une femme hors du commun. Pour avoir épousé quelqu'un d'aussi sage et vertueux qu'elle, j'avais dû aboyer pendant toute ma vie antérieure, quand j'étais un chien. Jiazhen ne me faisait jamais de reproches, elle se résignait toujours. Quoi que je fasse, si elle se faisait du souci au fond d'elle-même, tout comme ma mère elle n'en parlait jamais.

Ce que je faisais en ville dépassait la mesure, tombait dans l'extravagance. Rongée par le souci, il était bien naturel que Jiazhen éprouvât le besoin de faire quelque chose. Un jour, comme je venais de rentrer à la maison, le sourire aux lèvres, elle disposa quatre plats devant moi. Puis elle me versa un verre d'alcool et resta à côté de moi pour me servir. Intrigué par son sourire, je pensai qu'elle avait peut-être appris une bonne nouvelle. Mais j'avais beau réfléchir, je n'arrivais pas à trouver ce qui avait bien pu se passer ce jour-là. Je lui posai la question mais elle ne me répondit pas et continua à me regarder, sans se départir de son sourire.

Les quatre plats de légumes avaient été préparés chacun de façon différente. Mais au fond de chaque assiette, se trouvait un morceau de viande d'une taille à peu près identique. Au début, je n'y avais pas prêté attention, mais en finissant le dernier plat, je découvris encore un morceau de viande de la même taille que les autres. D'abord étonné, je ne tardai pas à éclater de rire. J'avais saisi ce que ma femme voulait me faire comprendre : dans leur apparence, les femmes sont très différentes les unes des autres, mais en profondeur, elles sont toutes les mêmes.

— Moi aussi je la connais, cette vérité, lui fis-je remarquer.

Mais quand je voyais des femmes d'apparence différente, cette vérité, je l'oubliais aussitôt. C'était vraiment plus fort que moi.

Jiazhen était mécontente mais elle n'en laissait rien paraître. Elle cherchait seulement à me toucher par des moyens indirects. Mais ni la douceur ni la violence ne pouvaient me retenir d'être attiré par la ville et par les maisons closes. Ni les chaussures d'étoffe de mon père, ni les petits plats de ma femme ne réussissaient à me lier les jambes. Ma mère, elle, savait bien ce que les hommes ont en tête.

— Ce sont tous des chats gourmands, expliqua-t-elle à Jiazhen.

Ce qui n'était pas seulement destiné à m'excuser, mais aussi à stigmatiser mon père. Assis dans son fauteuil, celui-ci se mit à rire, les yeux presque fermés. Dans sa jeunesse, sa conduite était loin d'avoir été vertueuse mais à la fin de sa vie, épuisé, il était à l'abri de tout reproche.

A *La Pagode Verte* je jouais également. Le plus souvent au mah-jong, aux dominos chinois ou aux dés. Je perdais aussi bien à l'un qu'à l'autre de ces jeux, mais plus je perdais, plus je m'obstinais à vouloir gagner pour récupérer les terres perdues par mon père. Au début, je payais toujours comptant. Quand je n'avais plus d'argent, je volais les parures de ma femme ou de ma mère, et j'avais même pris à ma fille sa chaîne en or. Plus tard, je me suis mis à payer à crédit. Mes créanciers se montraient généreux parce qu'ils connaissaient ma situation de famille. Je finis par ne plus même savoir combien j'avais perdu et mes créanciers, qui convoitaient la centaine de *mu* de terres de ma famille, se gardaient bien de me le rappeler.

C'est seulement après la Libération* que j'ai compris qu'aucun des joueurs ne gagnait sans tricher. Moi,

* 1er octobre 1949, date de la proclamation de la république populaire de Chine.

je ne cessais de perdre, ce qui n'avait rien d'étonnant puisque j'étais pris dans un piège où on me laissait me fourvoyer. A cette époque-là, un dénommé Shen était toujours présent à *La Pagode Verte*. Agé d'une soixantaine d'années, il avait le regard perçant d'un chat. Vêtu d'une longue robe de toile bleue, il était le plus souvent assis dans un coin, le dos droit, les yeux fermés comme s'il dormait. Mais lorsque les enjeux devenaient importants, il se mettait à toussoter et, lentement, se dirigeait vers la table, les yeux fixés sur un point bien précis. Quelques instants plus tard, quelqu'un se levait et lui disait :

— Monsieur Shen, prenez ma place, je vous en prie.

Monsieur Shen relevait sa robe et s'asseyait à sa place.

— Jouons, proposait-il alors aux trois autres partenaires.

Les habitués de *La Pagode Verte* n'avaient jamais vu monsieur Shen perdre de l'argent. Quand il battait les cartes de ses mains aux veines apparentes, on entendait d'abord un sifflement puis on voyait les cartes s'entrecroiser à un rythme ininterrompu. C'était un numéro éblouissant.

Un jour qu'il avait trop bu, monsieur Shen me dit :

— Ce qui compte au jeu, ce sont les yeux et les mains. Les yeux doivent être aussi perçants que des griffes, et les mains aussi glissantes que des loches.

Long'er arriva l'année où les "petits" Japonais capitulèrent. Il avait un accent venu d'ailleurs et, rien qu'à l'entendre, on comprenait que c'était un personnage hors du commun, qui avait beaucoup voyagé et beaucoup vu. Il ne portait pas de robe longue, mais il était tout entier vêtu de soie blanche. Deux autres personnes l'accompagnaient, portant ses deux gros coffres de rameaux de saule.

Cette année-là, monsieur Shen et Long'er firent une partie peu banale. Monsieur Shen jouait avec Long'er et ses deux compagnons dans la salle de jeux, pleine de spectateurs, de *La Pagode Verte*. Debout derrière Long'er, un garçon lui présentait un plateau de serviettes sèches. De temps en temps, Long'er en prenait une pour s'essuyer les mains. Nous trouvions tous plutôt étrange de le voir utiliser des serviettes non mouillées. Il s'en servait comme s'il venait juste de finir de manger.

Au début, il ne cessa pas de perdre, mais il n'en avait pas l'air affecté le moins du monde. En revanche, le sang-froid avait abandonné ses deux compagnons : l'un s'était mis à jurer comme un charretier, l'autre à pousser des soupirs. Quant à monsieur Shen, il gagnait toujours. Et pourtant, son visage n'exprimait pas la satisfaction. Il avait au contraire les sourcils froncés, comme s'il avait beaucoup perdu. Tête baissée, il avait les yeux fixés sur les mains de Long'er. Après avoir joué la moitié de la nuit, monsieur Shen, vu son grand âge, commença à s'essouffler. Des gouttes de sueur lui coulaient sur le front.

— Si nous faisions la dernière ? proposa-t-il.

Prenant la seule serviette qui restait sur le plateau, Long'er répondit en s'essuyant les mains :

— Bon, d'accord.

Ils mirent alors tout leur argent en jeu. Toute la table fut recouverte de pièces de monnaie, ne laissant qu'un petit espace vide au milieu. On distribua cinq cartes à chacun. Après en avoir retourné quatre, les deux compagnons de Long'er, découragés, les repoussèrent.

— Terminé. Nous avons tout perdu.

— Mais non, vous avez gagné, rectifia Long'er.

Il retourna la dernière carte : c'était un as de pique. Ses deux compagnons éclatèrent de rire. En fait, la dernière carte de monsieur Shen était également un as de pique. Long'er avait trois as et deux rois, et l'un de ses compagnons avait trois dames et deux valets. Long'er avait montré son as de pique avant monsieur Shen. Hébété, au bout d'un moment, celui-ci rangea la carte qu'il tenait dans la main et déclara :

— J'ai perdu.

Long'er et monsieur Shen avaient sorti tous les deux un as de pique de leur manche. Mais Long'er avait pris de l'avance. Comme il ne peut pas y avoir deux as de pique dans un jeu, monsieur Shen avait compris qu'il ne pouvait montrer le sien et avait dû se résigner. Nous n'avions jamais vu monsieur Shen perdre de l'argent. Il repoussa la table, se leva, salua Long'er les mains jointes et fit demi-tour pour s'en aller. Devant la porte, avant de sortir, il constata en souriant :

— J'ai vieilli.

Personne ne le revit jamais. On raconta que le lendemain matin, à l'aube, il était parti en palanquin.

Après le départ de monsieur Shen, Long'er devint le maître des jeux. A la différence de monsieur Shen qui ne perdait jamais, il abandonnait souvent les petits enjeux mais remportait toujours les grands. Je jouais fréquemment avec lui et ses compagnons. Comme il m'arrivait aussi bien de gagner que de perdre, je considérais que j'étais dans une situation plutôt favorable. En réalité, je gagnais de petits enjeux et j'en perdais de grands. Mais je l'ignorais et croyais encore pouvoir honorer bientôt mes ancêtres.

J'étais à la table de jeu pour la dernière fois quand Jiazhen arriva. Il faisait presque nuit. Mais selon ce qu'elle me raconta plus tard, je n'étais plus en état de distinguer le jour de la nuit. Enceinte de Youqin depuis sept à huit mois, elle s'était débrouillée pour trouver toute seule *La Pagode Verte*. Elle se mit alors à genoux devant moi. Je ne l'avais pas remarquée tout de suite. J'avais beaucoup de chance ce jour-là. Les dés me donnaient presque toujours les points dont j'avais besoin. Assis en face de moi, Long'er me disait alors en riant :

— Tu vois, frère, je perds toujours.

Depuis que Long'er avait battu monsieur Shen au mah-jong, ni moi ni personne n'osions y jouer avec lui. Je ne jouais qu'aux dés avec lui. Mais même aux dés il était très fort et perdait rarement. Or ce jour-là, il était tombé sur un os avec moi, il n'avait pas gagné une seule fois. Une cigarette à la bouche, les yeux mi-clos comme s'il ne s'intéressait pas à ce qui se passait, il riait chaque fois qu'il perdait. Pourtant, il me payait à contrecœur et, ce n'est pas sans hésitation qu'il poussait l'argent de ses deux bras maigres vers moi. "Long'er, me disais-je, il est temps que tu te ramasses une bonne fois." Les hommes sont tous les mêmes. Quand l'argent vient de la poche des autres, ils sont transportés de joie, mais quand il s'agit pour eux de payer, on a l'impression d'assister à des funérailles. Et alors que j'étais justement transporté de joie, quelqu'un tira sur mon vêtement. C'était ma femme. En la voyant à genoux devant moi, la colère me prit. C'était un signe néfaste que mon fils s'agenouille ainsi avant sa naissance. Je la rabrouai.

— Lève-toi ! nom d'un chien ! Allez, debout !

Sagement, elle ne se le fit pas dire deux fois. Je continuai :

— Qu'est-ce que tu viens faire ici ? Qu'attends-tu pour rentrer ?

Là-dessus, je retournai à mon jeu. Long'er serra les dés dans ses mains, comme s'il priait Bouddha, les agita, puis les jeta. Son visage s'assombrit :

— On n'a pas de chance quand on a touché des fesses de femme.

Je compris alors que j'avais gagné.

— Dans ce cas, Long'er, va te laver les mains, répliquai-je.

— Et toi, lave-toi la bouche avant de parler, riposta Long'er en souriant.

Jiazhen tira de nouveau sur mon vêtement, se remit à genoux et me proposa avec douceur :

— Rentre avec moi.

Retourner à la maison avec elle ? Le faisait-elle exprès pour que je perde la face ? Tout à coup la colère me reprit. Comme mes partenaires se moquaient de moi, je hurlai à Jiazhen :

— Allez ouste, tire-toi d'ici !

Elle insista :

— Rentre avec moi.

Je lui donnai une paire de gifles qui lui firent tourner la tête comme un rhombe.

— Si tu ne rentres pas, je ne me relèverai pas, déclara-t-elle, toujours à genoux.

Quand j'y pense aujourd'hui, la tristesse m'envahit. J'étais vraiment stupide, dans ma jeunesse. Une femme pareille, la recevoir à coups de pied et de poing ! Je continuai à la frapper, mais quoi que je fis, elle ne se levait toujours pas. De guerre lasse, je finis par la lâcher. Cheveux ébouriffés, larmes aux yeux, Jiazhen se cachait le visage. Je pris alors, dans mes gains, une poignée de sapèques que je donnai à deux hommes qui se trouvaient là en leur demandant de tirer Jiazhen dehors.

— Et emmenez-la le plus loin possible ! ajoutai-je.

Quand les deux hommes l'emportèrent, Jiazhen serra énergiquement à deux mains le gros ventre où se trouvait mon fils. Elle se laissa jeter dans la rue sans mot dire. Les deux hommes une fois partis, elle se redressa contre un mur. La nuit était tombée. Elle se traîna toute seule sur le chemin du retour. Plus tard, je lui ai demandé si elle m'avait haï à ce moment-là.

— Non, m'avait-elle répondu en secouant la tête.

Lorsque ma femme passait devant la boutique de son père, elle entrait, essuyait ses larmes et y restait un bon moment. Ce soir-là, en voyant la tête de son père se refléter sur le mur, elle comprit qu'il était en train de faire ses comptes. Elle entra, pleura un moment, puis repartit.

Quand Jiazhen rentra à la maison, elle avait parcouru plus de dix lis* seule, enceinte de plus de sept mois. Les chiens ne cessaient pas d'aboyer sur sa route, qu'une averse avait, de plus, rendue très périlleuse.

Quelques années auparavant, Jiazhen était encore une jeune écolière. En ville, elle portait une robe chinoise couleur clair de lune. En compagnie de quelques camarades, elle allait à l'école du soir, une lampe à gaz à la main. Je l'avais rencontrée à un carrefour. Elle avançait vers moi en balançant les hanches, avec des chaussures à talons qui claquaient sur le pavé comme des gouttes d'eau tombées du ciel. Je n'arrivais pas à la quitter des yeux. Elle était vraiment très belle. Et quand elle s'en alla, sa robe faisait des plis sur les hanches. "Je vais l'épouser", me suis-je dit.

Jiazhen et ses camarades avaient poursuivi leur chemin en riant et en bavardant.

— De quelle famille est cette jeune fille ? avais-je alors demandé à un cordonnier assis par terre.

— C'est mademoiselle la fille du patron du magasin Chen, m'avait-il répondu.

En rentrant à la maison, j'avais dit à ma mère :

— Va vite chercher une entremetteuse. Je veux épouser la fille du patron du magasin Chen.

Ce soir-là, après avoir chassé Jiazhen, la malchance commença à s'acharner sur moi. Je perdis

* 1 li = 576 mètres environ.

30

successivement plusieurs parties et mes sapèques, entassées sur la table, s'écoulaient sous mes yeux comme des eaux usées. Long'er riait tellement qu'on avait l'impression que son visage allait éclater. Nous jouâmes jusqu'au lendemain matin. J'avais la tête qui tournait, le regard trouble. Des relents âcres ne cessaient de monter de mon estomac. Dans la dernière partie, je me lançai dans le plus grand enjeu de ma vie. Je crachai d'abord dans mes mains, convaincu que tout allait dépendre de cet instant.

— Attends, me dit Long'er alors que j'allais prendre les dés.

Il fit signe à un employé :

— Apporte une serviette chaude au jeune maître Xu.

Les spectateurs dormaient tous, sauf nos quatre joueurs, dont les deux derniers avaient été amenés par Long'er. L'employé, dont j'appris seulement plus tard qu'il avait également été acheté par Long'er, revint avec une serviette chaude. Pendant que je m'essuyais le visage, Long'er changea un dé à mon insu et le remplaça par un dé truqué. Je finis de m'essuyer, jetai la serviette sur le plateau, pris le dé et le fis tourner trois fois. Puis, je le lançai, et je fus assez content des points que j'avais obtenus.

Vint le tour de Long'er. Il frappa le dé avec force sur le six en criant :

— Six points !

Le dé avait été évidé puis rempli de mercure. Et ce mercure s'était mis à couler vers le bas quand Long'er l'avait frappé. Une fois lancé, le dé avait tourné un instant et, comme la face opposée était devenue plus lourde, s'était arrêté sur le nombre six.

J'étais stupéfait de voir qu'il avait vraiment sorti le six. J'avais l'impression que ma tête allait éclater. C'était catastrophique. Mais puisque je peux payer à crédit, me dis-je ensuite, j'aurai bien l'occasion de rattraper cela un jour. Un peu soulagé, je déclarai :

— Note tout ça d'abord.

Long'er me fit signe de m'asseoir.

— Je ne peux plus te faire crédit, me dit-il. Tu as déjà perdu toutes les terres de ta famille. Si je t'accordais encore un crédit, tu me rembourserais avec quoi ?

Moi qui allais bâiller, je me retins et m'exclamai par deux fois :

— Impossible ! C'est impossible !

Long'er et mes deux autres créanciers sortirent leur billets de crédit et se mirent à tout calculer, à un chiffre près. Comme je me penchais sur lui, Long'er me tapa sur la tête.

— Jeune maître, tu ne les connais pas ? Ce sont pourtant tes propres signatures.

Je m'aperçus tout à coup qu'il y avait déjà six mois que j'avais commencé à m'endetter auprès d'eux. Et que j'avais déjà perdu tous les biens que mes ancêtres nous avaient légués.

— Inutile de compter, dis-je à Long'er en voyant qu'ils poursuivaient leurs calculs.

Et, pareil à un coq souffreteux, je sortis de *La Pagode Verte*. Il faisait grand jour. Ne sachant où aller, je restai planté dans la rue. Derrière moi, quelqu'un de ma connaissance qui tenait un panier de fromage de soja à la main, m'aperçut.

— Bonjour, jeune maître Xu, cria-t-il.

Effrayé, je sursautai et le regardai, hébété. En souriant, il continua :

— Qu'est-ce qui vous arrive ? Vous avez l'air d'un résidu d'infusion de plantes médicinales.

Pour lui, c'était sans nul doute les filles qui m'avaient mis dans cet état. Il ignorait, bien sûr, que j'avais tout perdu et que j'étais dorénavant aussi pauvre qu'un fermier. Je le regardai s'éloigner avec un sourire forcé. "Il vaut mieux ne pas rester ici", me dis-je, et je me mis à marcher.

Deux employés ouvraient justement la porte au moment où je passai devant la boutique de mon beau-père. En me voyant, ils se mirent à rire, s'attendant à ce que j'aille dire bonjour à leur patron. Mais comment aurais-je pu faire preuve d'une telle audace ? Je me cachai la tête au contraire et passai très vite de l'autre côté de la rue, en rasant le mur. Dans sa boutique, mon beau-père toussota puis, produisant un son bref et net, il cracha par terre.

Egaré, désorienté, je me retrouvai à l'extérieur de la ville. J'avais la tête vide comme un nid de guêpes renversé, et j'oubliai même un instant que j'avais ruiné ma famille. Le sentier familier que j'avais devant les yeux me faisait peur. "Que vais-je devenir si je prends ce chemin ?" me demandai-je. Je fis quelques pas puis m'arrêtai, incapable d'aller plus loin. On ne voyait personne aux alentours. J'avais bien envie de me pendre avec la ceinture de mon pantalon ! Cette idée en tête, je me remis à marcher. Arrivé devant un orme, je jetai un coup d'œil autour de moi, sans pourtant faire mine de défaire ma ceinture. En réalité, je ne voulais pas mourir, je cherchais par là à me réconcilier avec moi-même. Cette dette catastrophique ne serait d'ailleurs pas annulée par ma mort… "Tant pis, je ne me pendrai pas", me dis-je.

C'était à mon père de rembourser ma dette. En pensant à lui, je fus pris de panique. Allait-il me battre comme un sourd ? Je réfléchissais tout en marchant. De toute façon, puisqu'il ne me restait qu'un seul chemin, le chemin de l'enfer, mieux valait retourner à la maison. Je préférais encore mourir des coups de mon père que de me pendre dans la nature, comme un chien sauvage.

J'avais les traits horriblement tirés, les yeux cernés, mais je ne m'en rendais pas compte. Lorsque j'arrivai à la maison, ma mère me contempla, effrayée.

— C'est bien toi, Fugui ? me demanda-t-elle.

Je la regardai avec un sourire forcé, en hochant la tête. Puis je l'entendis qui parlait de quelque chose avec étonnement et j'entrai dans ma chambre. Jiazhen, qui était en train de se peigner, me regarda avec stupeur, bouche ouverte. La veille, pensais-je, je l'avais reçue à coups de pied et à coup de poing alors qu'elle était venue me prier de rentrer… A ce souvenir, je m'agenouillai soudain devant elle.

— Jiazhen, je suis perdu, lui dis-je.

Et je me mis à sangloter. Elle se précipita pour me relever. Mais enceinte de Youqin, où en aurait-elle trouvé la force ? Elle alla chercher ma mère. A elles

34

deux, elles me soulevèrent et me mirent au lit. Allongé, je me mis à vomir. J'avais tout d'un moribond. Terrifiées, l'une me donnait des petites tapes sur les épaules tandis que l'autre me secouait la tête. Je les repoussai toutes les deux.

— J'ai perdu tous les biens de la famille, leur dis-je.

Surprise, ma mère me dévisagea avec intensité.

— Qu'est-ce que tu as dit ? me demanda-t-elle.

Je répétai :

— J'ai perdu tous les biens de la famille.

Il lui suffit de me regarder pour voir que je ne plaisantais pas. Effondrée sur le sol, elle se lamenta tout en essuyant ses larmes :

— Si la conduite des parents est mauvaise, celle des enfants le sera aussi.

Même en pareilles circonstances, ma mère me soutenait. C'était son mari qu'elle accusait à ma place.

Jiazhen se mit à pleurer aussi, tout en me donnant de petits coups sur l'épaule.

— Si tu pouvais arrêter de jouer, ce serait bien, me dit-elle.

J'avais tout perdu au jeu. Comment aurais-je pu continuer, même si j'en avais eu envie ? Mon père, qui se trouvait dans sa chambre et ne savait pas encore qu'il était ruiné, jurait comme un charretier sous prétexte que les pleurs des deux femmes le dérangeaient. En entendant les jurons proférés par le père, ma mère cessa de pleurer, se releva et, suivie de Jiazhen, se rendit chez lui. Peu de temps après, mon père hurlait :

— Fils indigne !

A ce moment-là, ma fille Fengxia entra et referma la porte en agitant la tête. Elle me chuchota à l'oreille :

— Va vite te cacher, père, sinon grand-père va te battre.

Je la regardai sans bouger. Elle essaya alors de me tirer par la main, mais comme elle n'arrivait pas à me remuer, elle se mit à pleurer. Ses sanglots me déchirèrent le cœur. Si petite, Fengxia était déjà capable de protéger son père. Face à cela, je méritais mille coups de poignard.

Fou de colère, mon père sortit de sa chambre.

— Fils indigne ! hurla-t-il, je vais te mettre en pièces, te mutiler, te hacher menu comme on fait des canailles et des crapules.

"Viens, père, et hache-moi", me dis-je. Mais en entrant dans ma chambre, il perdit l'équilibre, tomba par terre et s'évanouit de fureur. Ma mère et Jiazhen le relevèrent à grand bruit et le mirent au lit. Aussitôt, ses sanglots frénétiques se mirent à résonner comme un hautbois.

Il garda le lit pendant trois jours. D'abord en pleurnichant. Puis, il arrêta de pleurnicher et se mit à pousser des soupirs, qui me parvenaient aux oreilles sans discontinuer.

— C'est une punition, une punition, se lamentait-il.

Le troisième jour, mon père reçut des visiteurs dans sa chambre. Il toussait en faisant beaucoup de bruit, mais lorsqu'il parlait, sa voix était si faible que je ne l'entendais pas. A la tombée de la nuit, ma mère vint me dire qu'il m'appelait. Je me levai, convaincu que cette fois-ci j'étais perdu. Après s'être reposé

36

pendant trois jours, mon père avait certainement récupéré assez de forces pour me battre et me laisser à demi mort. "Mais tu peux me battre comme tu veux, me disais-je, j'accepterai les coups sans broncher." Je me dirigeai vers sa chambre, épuisé, le corps mou, les jambes raides. J'entrai, restai debout derrière ma mère et lui lançai un regard furtif. Il me regardait de son lit, les yeux grands ouverts ; sa moustache blanche tremblait.

— Tu veux bien sortir ? demanda-t-il à ma mère.

Ma mère sortit en me frôlant. Mon cœur se serra aussitôt à l'idée qu'il allait sauter de son lit et se ruer sur moi. Mais il ne bougea pas. Sa couverture avait glissé par terre.

— Fugui ! Assieds-toi ici, me dit-il en tapant sur le bord de son lit.

Je m'assis près de lui, le cœur battant. Il me prit les mains. Les siennes étaient glacées, et ce froid me pénétra jusqu'au cœur.

— Ecoute Fugui, me dit-il avec douceur. Une dette de jeux est une dette comme les autres, personne ne peut s'y dérober. J'ai hypothéqué à la fois nos terres et la maison. On doit m'apporter les sapèques demain. Mais j'ai vieilli et je ne peux plus porter des paniers sur une palanche. C'est donc toi qui transporteras les sapèques. Tu iras rembourser ta dette toi-même.

Après quoi il poussa un profond soupir. Je l'écoutais, triste et les yeux pleins de larmes. Je savais maintenant qu'il ne me battrait pas. Mais ce qu'il disait, c'était comme s'il me coupait le cou avec un couteau émoussé. Ma tête ne tombait pas mais j'étais au supplice, entre la vie et la mort.

— Va dormir, me dit-il enfin en me donnant une petite tape sur la main.

Le lendemain matin, j'étais à peine levé que quatre hommes entraient dans la cour de la maison. Celui qui était en tête, vêtu de soie, était de toute évidence un homme riche. Il fit signe aux porteurs habillés de grosse toile.

— Déposez ça ici, leur ordonna-t-il.

Les trois porteurs posèrent leurs paniers par terre et tandis qu'ils s'essuyaient le visage avec un coin de leur veste, l'homme riche appela mon père.

— Maître Xu, nous vous avons livré ce que vous nous aviez demandé, cria-t-il.

Mon père sortit en toussant, ses titres de propriété foncière et immobilière à la main.

— Merci d'avoir bien voulu prendre cette peine, dit-il en les tendant à l'homme et en le saluant.

— Tout est là. Vous pouvez compter, lui répondit celui-ci en lui montrant les six paniers de sapèques.

Mon père, qui n'était plus un homme riche, déclara avec le même respect que les pauvres :

— Inutile, inutile. Veuillez entrer et prendre un thé à la maison.

— Ne vous donnez pas cette peine, répondit l'autre.

Après quoi, il demanda en me regardant :

— C'est votre fils, le jeune maître ?

Mon père hocha plusieurs fois la tête. Puis, avec un grand sourire, il me conseilla :

— Il faudra que tu recouvres ces sapèques de feuilles de citrouille avant d'aller les livrer. Il ne faut pas laisser des bandits s'en emparer.

38

Le jour même, je commençai à porter les sapèques jusqu'en ville sur une palanche, faisant une dizaine de lis à pied pour aller rembourser ma dette. C'était ma mère et Jiazhen qui avaient cueilli les feuilles de citrouille qui les recouvraient. Fengxia était allée également en ramasser quelques-unes. Une fois, elle en avait trouvé deux grandes qu'elle était allée mettre sur un panier. Puis comme je m'apprêtais à partir, ma charge sur l'épaule, elle me demanda, ignorant que j'allais rembourser une dette :

— Tu pars encore pour plusieurs jours, père ?

Emu, j'eus du mal à réprimer mes larmes. Je me précipitai avec mes paniers sur le chemin qui devait me conduire en ville.

— Voilà le jeune maître des Xu, s'écria chaleureusement Long'er en me voyant arriver.

Je déposai les paniers devant lui. Il souleva les feuilles de citrouille et fronça les sourcils.

— Vous vous donnez beaucoup de peine pour rien, remarqua-t-il. Ce serait beaucoup plus simple avec des pièces d'argent.

Lorsque je lui livrai les deux derniers paniers, il ne m'appelait déjà plus "jeune maître".

— Fugui, dépose ça là-bas, m'indiqua-t-il avec un signe de tête.

Un des autres créanciers, un peu plus sympathique, me tapa sur l'épaule.

— Viens, Fugui, on va prendre un verre.

Long'er se précipita aussitôt :

— Bien sûr, bien sûr, c'est moi qui t'invite.

Mais je secouai la tête. Je pensais qu'il valait mieux que je rentre à la maison. A la fin de la journée, mes vêtements de soie étaient déjà tout abîmés et mes épaules tachées de sang. Je marchai seul vers la maison, m'arrêtant de temps à autre pour sangloter. "Je suis déjà mort de fatigue au bout d'une seule journée de travail, pensai-je, mais mes ancêtres, eux, combien de journées de travail ont-ils dû endurer pour ramasser tout cet argent ?" Brusquement, je compris pourquoi mon père avait commandé des sapèques et non pas des pièces d'argent. Il voulait m'enseigner une vérité, me faire sentir combien l'argent était difficile à gagner. Cette idée me coupa les jambes. Accroupi au bord de la route, je me remis à sangloter en hoquetant, secoué jusqu'au bas du dos.

Changgen, le vieux fermier de la famille, celui qui me portait sur le dos pour aller à l'école, passa juste à ce moment-là, avec un vieux sac accroché à ses épaules. Il avait travaillé pour nous quelques dizaines d'années et maintenant il était appelé à nous quitter. Il avait perdu ses parents tout petit, c'était mon père qui l'avait recueilli, et il ne s'était jamais marié. En me voyant accroupi au bord de la route, il vint vers moi, les larmes aux yeux lui aussi, les pieds nus et crevassés.

— Jeune maître…

— Ne m'appelle plus jeune maître, lui dis-je. Appelle-moi sale chien.

— L'empereur qui mendie est toujours l'empereur, répliqua-t-il en secouant la tête. Vous n'avez plus de fortune mais tu es toujours le jeune maître.

À l'entendre, les larmes recommencèrent à couler sur mes joues fraîchement essuyées. Il s'accroupit près de moi et, le visage dans les mains, se mit lui aussi à sangloter.

— La nuit va bientôt tomber, Changgen, déclarai-je au bout d'un moment. Nous devons rentrer, tous les deux.

Changgen se leva et, comme il s'éloignait, je l'entendis dire d'une voix basse et vibrante :

— Rentrer où ? Je n'ai plus de maison.

Ainsi j'avais réussi à nuire même à Changgen. Je le regardai s'en aller tout seul, le cœur déchiré de chagrin. Je ne me remis en route que lorsqu'il eut disparu de ma vue.

Il faisait nuit quand j'arrivai à la maison. Comme les fermiers et les servantes étaient déjà partis, ma mère et Jiazhen étaient à la cuisine. L'une s'occupait du feu, l'autre préparait le repas. Mon père, lui, était toujours couché. Seule Fengxia, qui ignorait que nous allions maintenant devoir peiner et subir la misère, était aussi joyeuse que d'habitude. Elle vint vers moi en gambadant et s'assit sur mes genoux.

— Pourquoi les gens disent que je ne suis plus "mademoiselle" ? me demanda-t-elle.

Je caressai ses joues délicates, incapable de prononcer un mot. Heureusement, elle arrêta de me poser des questions. En grattant avec ses ongles la boue de mon pantalon, elle me dit gaiement :

— Regarde, je suis en train de laver ton pantalon.

À l'heure du dîner, ma mère alla trouver mon père dans sa chambre.

— Tu veux que je t'apporte ton repas ?

— Non, je vais venir manger avec vous, répondit-il.

Il sortit de sa chambre, tenant sa lampe à gaz avec trois doigts. La faible lumière de la lampe allait et venait sur son visage, alternant l'ombre et la lumière. Le dos voûté, il ne cessait pas de tousser. Il s'assit et me demanda :

— Tu as tout remboursé ?

— Oui, tout, répondis-je, tête baissée.

— Bien, bien.

Il me regarda et poursuivit :

— Tu as les épaules meurtries.

Je me tus et lançai un regard furtif du côté de ma mère et de Jiazhen. Celles-ci fixaient mes épaules avec des yeux pleins de larmes. Le père se mit alors à manger avec lenteur mais après quelques bouchées, il reposa ses baguettes sur la table, repoussa son bol et se mit à raconter :

— Les ancêtres des Xu ont commencé par élever un poussin. Celui-ci a grandi et a été transformé en oie. Celle-ci a grandi et a été transformée en mouton. On a élevé le mouton et celui-ci s'est transformé en buffle. Et c'est ainsi que la famille des Xu a fait fortune.

Le père avait la voix sifflante. Après un court silence, il poursuivit :

— Et quand j'ai pris tout cela en main, le buffle des Xu s'est transformé en mouton, et celui-ci s'est transformé en oie. Ensuite, avec toi, l'oie s'est transformée en poussin, et aujourd'hui il ne reste plus rien.

Le père éclata de rire mais, petit à petit, son rire se transforma en sanglots.

— Dans la maison des Xu sont nés deux dépensiers, déclara-t-il en levant deux doigts.

Quelques jours après, Long'er arriva. Il avait changé d'attitude. Il riait aux éclats, bouche grande ouverte, exhibant les deux dents en or qu'il y avait fait poser récemment. Ayant racheté les titres de propriété que nous avions hypothéqués, il venait examiner ses biens, puisqu'ils lui appartenaient maintenant. Il donna des coups de pied dans le mur, y colla son oreille, battit des mains, et s'exclama par deux fois :

— C'est du solide… du solide !

Puis il partit faire un tour dans les champs. En revenant, il nous salua, mains jointes, mon père et moi.

— Quand je vois ces terres si vertes et si fertiles, je me sens vraiment rassuré, déclara-t-il.

Puisque Long'er devait venir s'y installer, il nous fallait quitter cette maison, qui était celle de notre famille depuis plusieurs générations, pour aller habiter une maisonnette en chaume. Le jour du déménagement, les mains croisées derrière le dos, mon père se mit à faire les cent pas dans la maison, allant d'une pièce à l'autre.

— Moi qui pensais mourir ici… finit-il par dire à sa femme.

Là-dessus, il donna quelques petites tapes sur ses vêtements pour en chasser la poussière, passa la tête à l'extérieur et franchit la porte. Marchant, comme à son habitude, les mains croisées derrière le dos, mon père se dirigea lentement vers le lieu d'aisances, à l'entrée du village. La nuit commençait à tomber mais quelques fermiers travaillaient encore aux champs. Ils savaient tous que mon père n'était plus leur maître et cependant, tenant leur houe à pleines mains, ils l'appelèrent quand même "maître".

Il repoussa le terme d'un geste.

— Ne m'appelez plus ainsi, leur dit-il avec un petit sourire.

Car ce n'était plus sur ses propres terres que mon père marchait. Il arriva à l'entrée du village, les jambes flageolantes. Il se mit debout sur le baquet, jeta un coup d'œil alentour, défit sa ceinture et s'accroupit.

A cet instant du crépuscule, il ne poussa pas de cris en faisant ses besoins. Il regardait au loin, les yeux mi-clos. Le chemin qui menait à la ville s'estompait de plus en plus. Tout près de là, le dos courbé, un fermier coupait des légumes. Lorsqu'il se redressa, le chemin n'était plus visible.

Soudain, mon père tomba du baquet. Au bruit, le fermier se retourna vivement. Voyant mon père allongé de travers par terre, la tête immobile contre le baquet, il accourut, sa faucille à la main.

— Il n'y a rien de grave, maître ? demanda-t-il.

Mon père remua les paupières et répliqua d'une voix rauque :

— De quelle famille es-tu ?

Le fermier se baissa et répondit :

— Je suis Wang Xi, maître.

Mon père réfléchit un instant.

— Ah, Wang Xi… Il y a une pierre, Wang Xi, qui me fait très mal dans le dos.

Wang Xi retourna mon père et, sous lui, il trouva une pierre aussi grosse qu'un poing qu'il jeta de côté.

44

Mon père, qui était lourd à remuer, s'allongea de nouveau, la tête appuyée sur le baquet.

— C'est plus confortable, dit-il, soulagé.

— Voulez-vous que je vous soulève ? lui demanda Wang Xi.

— Ça ne vaut pas la peine, répondit mon père, haletant, en secouant la tête… Est-ce que tu m'avais déjà vu tomber ? ajouta-t-il au bout d'un moment.

— Non, maître, répliqua Wang Xi.

Satisfait, mon père insista :

— Alors, c'est bien la première fois que je tombe ?

— Oui, maître, confirma Wang Xi.

Mon père éclata de rire. Puis ses yeux se fermèrent, son cou ploya, sa tête glissa sur le baquet et partit en avant.

Nous étions en train de déménager, ce jour-là, dans la maisonnette en chaume. Ma mère et moi, nous nous occupions de tout installer. Fengxia nous avait rejoints, ignorant toujours que désormais la vie allait devenir pénible. Jiazhen, qui rentrait de l'étang, une bassine pleine de linge dans les bras, vit Wang Xi courir vers elle.

— Madame, le vieux maître s'éteint, on dirait.

— Mère ! Fugui ! Mère ! se mit à crier Jiazhen à tue-tête.

Ses cris nous parvinrent. Et tout de suite après, quand elle se mit à sangloter, l'idée me vint qu'il était peut-être arrivé quelque chose à mon père. Je sortis en courant. De plus loin qu'elle m'aperçut, Jiazhen, sa bassine de linge renversée à ses pieds, s'écria :

— Fugui, c'est le père qui…

J'eus l'impression que ma tête allait éclater. Je courus à corps perdu vers l'entrée du village. Lorsque j'arrivai devant le baquet, mon père ne respirait déjà plus. Je le secouai, l'appelai, mais il ne réagit pas. Ne sachant que faire, je reprenais le chemin de la maison quand j'aperçus ma mère qui accourait en se balançant sur ses petits pieds bandés, pleurant et gémissant, suivie de Jiazhen qui tenait Fengxia dans les bras.

Après la mort de mon père, j'ai passé bien des journées, assis par terre devant la maison, me sentant rompu, épuisé, pestiféré, tantôt sanglotant, tantôt poussant des soupirs. Fengxia venait souvent s'asseoir en ma compagnie. Par jeu, elle me prenait les mains et demandait :

— Grand-père est tombé ?

Comme je hochais la tête, elle poursuivait :

— C'est à cause du vent ?

Ma mère et Jiazhen se retenaient de pleurer à grand bruit. Elles craignaient que je ne m'abandonne au désespoir et ne suive mon père. S'il m'arrivait, par inattention, de buter sur quelque chose, elles sursautaient, effrayées, mais voyant que, contrairement à mon père, j'étais toujours debout, elles me demandaient, un peu rassurées :

— Ce n'est pas grave ?

A cette époque, ma mère me disait souvent :

— Tant qu'on est heureux, il ne faut pas avoir peur de la misère.

Elle cherchait à me consoler, pensant que c'était la misère qui m'avait mis dans cet état. En réalité, ce qui m'affligeait, c'était la mort de mon père. Je m'en sentais responsable. De plus, c'était à cause de moi que ma mère, Jiazhen et Fengxia allaient devoir mener une vie aussi pénible.

Dix jours après la mort de mon père, mon beau-père arriva. Il fit son entrée dans le village, le visage tout gris, en relevant d'une main sa robe longue. Il était suivi par un palanquin décoré de couleurs vives. De part et d'autre du palanquin, une dizaine de jeunes gens faisaient résonner des gongs et des tambours. Pensant qu'il s'agissait d'une procession de mariage, les gens du village accoururent, très étonnés de n'en avoir pas entendu parler.

— Quelle est la famille qui fête ce mariage ? demanda quelqu'un à mon beau-père.

Mon beau-père, l'air compassé, répondit haut et fort :

— C'est la nôtre.

Je me trouvais à ce moment-là devant la tombe de mon père. Au son des gongs et des tambours, je levai la tête et aperçus mon beau-père qui s'arrêtait devant notre maison, furibond. Sur un signe de lui, on posa le palanquin par terre. Les gongs et les tambours se turent. Je compris tout de suite qu'il était venu chercher Jiazhen pour la ramener chez lui. Je tremblais de peur, ne sachant quoi faire.

Tout ce bruit avait fait sortir ma mère et Jiazhen de la maison.

— Père ! s'exclama Jiazhen.

— Et ce sale chien, où est-il ? demanda mon beau-père à ma mère.

— Vous parlez de Fugui, j'imagine ? répondit ma mère avec un sourire forcé.

— Et qui d'autre voulez-vous que ce soit ?

Mon beau-père m'aperçut soudain. Il fit deux pas vers moi en criant :

— Viens ici, sale chien !

Je restai immobile, paralysé par la peur. Mon beau-père se remit à crier en agitant les mains :

— Viens par ici, sale chien ! Pourquoi tu ne passes plus me dire bonjour ? Ecoute-moi bien, sale chien, aujourd'hui je vais ramener Jiazhen à la maison, exactement comme tu l'as amenée ici, le jour de votre mariage. Regarde, voici le palanquin de la mariée, les gongs et les tambours, tout comme au jour de tes noces.

Après quoi, il s'adressa à Jiazhen.

— Va vite chercher tes affaires, lui dit-il.

Jiazhen ne bougea pas.

— Père...

Mon beau-père tapa du pied et lui ordonna :

— Fais vite.

Je me trouvais assez loin, dans le champ. Jiazhen me regarda, fit demi-tour et entra dans la maison. Ma mère, les larmes aux yeux, supplia alors mon beau-père :

— Pitié ! Veuillez laisser Jiazhen chez nous.

Il fit un geste de dénégation, se tourna vers moi et cria :

— Sale chien, les liens entre Jiazhen et toi sont définitivement rompus. La famille des Chen et la famille des Xu n'auront plus jamais l'occasion de se rencontrer !

En s'inclinant, ma mère le supplia :

— Au nom du père de Fugui, je vous en prie, veuillez laisser Jiazhen ici.

— Un père qui est mort de colère à cause de son fils ! s'exclama-t-il.

Mais, trouvant lui-même ces propos excessifs, mon beau-père se reprit tout de suite et dit d'un ton plus modéré :

— Ne me reprochez pas d'être impitoyable. Si ce sale chien s'était conduit comme il faut, nous n'en serions pas là aujourd'hui.

Là-dessus il se tourna de nouveau vers moi.

— Je vous laisse Fengxia, mais le bébé que porte Jiazhen dans son ventre fera partie de la famille des Chen !

Ma mère n'avait pas cessé de sangloter.

— Comment vais-je pouvoir expliquer tout cela aux ancêtres des Xu ? demanda-t-elle en essuyant ses larmes.

Jiazhen sortit de la maison, un sac à la main.

— Monte dans le palanquin, lui ordonna mon beau-père.

Jiazhen me regarda. Avant d'y monter, elle nous regarda de nouveau, ma mère et moi. Venant d'on ne sait où, Fengxia arriva alors en courant. Voyant sa mère assise dans le palanquin, elle voulut aussi y entrer, mais sa mère la repoussa.

Mon beau-père fit signe aux porteurs, qui soulevèrent le palanquin. Jiazhen se mit à pleurer à grand bruit.

— Frappez le plus fort possible sur vos instruments, ordonna mon beau-père.

Une dizaine de jeunes hommes se mirent à taper à corps perdu sur leurs gongs et leurs tambours. On

49

n'entendit plus alors les sanglots de Jiazhen. Le palanquin se mit en route et mon beau-père, relevant d'une main sa longue robe, le suivit du même pas. L'air pitoyable, se balançant sur ses petits pieds bandés, ma mère marcha derrière eux jusqu'à l'entrée du village.

Fengxia courut vers moi, les yeux écarquillés.

— Père, ma mère est dans le palanquin ! me dit-elle.

A la voir si satisfaite, la tristesse m'envahit.

— Fengxia, viens à côté de moi.

Elle s'approcha.

— Fengxia, n'oublie jamais que je suis ton père, lui dis-je en lui caressant la joue.

— Et toi, n'oublie pas non plus que je suis ta fille, me répondit-elle en éclatant de rire.

*

Fugui arrêta alors son récit et me regarda en riant. Le jeune prodigue qu'il était il y a quarante ans se trouvait maintenant assis sur l'herbe, torse nu. Le soleil perçait à travers le feuillage des arbres et brillait sur ses paupières mi-closes. Ses jambes étaient couvertes de boue. Sur son crâne rasé, quelques cheveux blancs se dressaient, par-ci, par-là. Des gouttes de sueur ondoyaient sur sa poitrine ridée. Quant à son buffle, il était accroupi dans l'eau jaunâtre de l'étang. On ne voyait que sa tête et toute la longueur de son dos. L'eau de l'étang qu'il remuait venait battre sur ce dos noirâtre, comme sur un rivage.

50

J'avais rencontré ce vieillard tout au début de mon séjour. A ce moment-là j'étais jeune, je ne faisais que voyager, je n'avais aucun souci. Je me prenais de passion pour tout nouveau visage, toute chose inconnue m'intéressait. C'était dans cet état d'esprit que j'avais fait la connaissance de Fugui, qui avait une façon extraordinairement vivante de me faire le récit de sa vie. Je n'avais jamais vu quelqu'un d'aussi ouvert que lui, d'aussi enclin à se mettre à nu devant moi. Il était prêt à me raconter tout ce que je voulais.

Cette rencontre m'avait rempli de joie et m'avait fait beaucoup espérer pour mon travail de recherche. Je crus même, à ce moment-là, que cette terre si fertile, si abondante, devait regorger de gens comme lui. Durant le reste de mon séjour, je rencontrai en effet beaucoup de personnes âgées qui ressemblaient à Fugui et qui portaient des vêtements pareils aux siens, l'entrejambe du pantalon leur tombant quasiment jusqu'aux genoux. Ils avaient tous des visages sillonnés de rides, incrustés de boue et tannés par le soleil. Quand ils souriaient, ils découvraient les quelques rares dents qui subsistaient dans leur bouche. On voyait souvent couler des larmes sur ces visages boueux. Ce qui ne signifiait pas forcément qu'ils étaient tristes. Il leur arrivait de répandre des larmes quand ils étaient contents, et même lorsqu'il ne se passait rien. Ils les essuyaient ensuite de leurs doigts aussi rugueux que la boue des chemins de campagne, de la même façon qu'ils donnaient des chiquenaudes à leurs vêtements pour en chasser la paille de riz.

Mais je n'ai jamais eu l'occasion de rencontrer quelqu'un d'aussi merveilleux que Fugui. Le chemin qu'il avait parcouru lui était tellement présent à l'esprit qu'il pouvait le raconter de façon inoubliable. Il était de ceux qui se rappellent chaque étape de leur jeunesse, et peuvent même décrire dans tous ses détails ce qui s'est passé ensuite. Cela n'est pas donné à tout le monde. Etait-ce la dureté des temps qui avait détruit la mémoire des autres ? Inaccessibles à leurs souvenirs, ils fuyaient les questions et se contentaient d'y répondre par un sourire mystérieux. La reconstitution de leur existence ne les intéressait pas et ils n'étaient capables d'en évoquer que des bribes, comme s'ils ne les connaissaient que par ouï-dire. Et même ces quelques bribes, ils les faisaient tenir en une ou deux phrases, comme si tout cela faisait partie des souvenirs d'autrui, comme s'ils n'avaient eux-mêmes rien à exprimer. C'est pourquoi les jeunes générations étaient souvent tentées de les sous-estimer. Je les entendais dire :

— Ces vieux-là, ils sont comme les chiens. Ils ont tout oublié de leur vie.

Fugui était donc très différent des autres. Il aimait évoquer son passé, parler de sa vie, comme si, par ce moyen, il pouvait revivre chacun de ses moments. Son récit me passionnait, m'accrochait comme les oiseaux accrochent la branche d'arbre pour s'y poser.

*

Depuis le départ de Jiazhen, je trouvais souvent ma mère assise dans un coin, essuyant ses larmes discrètement. J'avais envie d'aller la consoler, mais en la voyant dans cet état, je n'arrivais plus à sortir un mot. En fait, c'était elle qui me répétait sans cesse :

— Jiazhen est ta femme. Elle t'appartient et personne ne peut te l'enlever.

J'accueillais ces propos par des soupirs. Qu'aurais-je pu dire ? Ce qui avait été une famille complète et unie n'était plus qu'un pot brisé. Le soir, allongé dans mon lit, je n'arrivais pas à m'endormir. Je fulminais de haine pour ceci ou cela, mais au fond, c'était moi-même que je haïssais. Obsédé la nuit par toutes ces pensées, j'avais mal à la tête dans la journée et je me sentais sans force. Par bonheur, Fengxia était là. En me tenant la main elle me demandait par exemple :

— Une table a quatre coins, père. Combien lui en reste-t-il si on en coupe un ?

Où avait-elle été chercher ça ? Je l'ignorais, mais lorsque je lui répondis qu'il en restait trois, elle se mit à rire, enchantée.

— Non, me corrigea-t-elle, c'est faux. Il en reste cinq.

J'aurais voulu rire avec elle, mais je n'y parvins pas. Nous étions quatre, pensai-je. Le départ de Jiazhen équivaut à un coin coupé. Et comme elle est enceinte...

— Quand ta mère reviendra, il y aura cinq coins, dis-je alors à Fengxia.

53

Tous les biens de valeur de la famille ayant été bradés, ma mère emmenait souvent Fengxia à la recherche de légumes sauvages. Un panier au bras, elle oscillait sur ses petits pieds bandés et avançait moins vite que ma fille. Maintenant que sa tête était toute couverte de cheveux blancs, elle devait pour la première fois se mettre à faire des travaux manuels. Elle entraînait Fengxia, marchant à pas étroits, avec tant de prudence que les larmes me montaient aux yeux.

Je ne peux plus vivre comme autrefois, me dis-je, je dois nourrir ma mère et Fengxia. J'avais dans l'idée d'emprunter de l'argent pour ouvrir une petite boutique en ville, et j'en discutai avec ma mère. Elle resta silencieuse. Elle se sentait incapable de quitter son village. Il est vrai que lorsqu'on a atteint un certain âge, on n'a plus envie de bouger.

— Puisque la maison et les terres appartiennent maintenant à Long'er, que nous nous installions ici ou ailleurs, où est la différence ? essayai-je de lui expliquer.

— Ici, il y a la tombe de ton père, répondit-elle après un long silence.

Cet argument me convainquit et je n'osai plus rien lui proposer. Après avoir longtemps hésité, je finis par décider d'aller trouver Long'er.

Long'er était devenu propriétaire foncier. Vêtu de soie, il se promenait en lisière des champs, une théière à la main, l'air arrogant. Il souriait toujours, la bouche grande ouverte, découvrant ses deux dents en or. Même lorsqu'il injuriait un fermier qui lui avait déplu, il le faisait toujours la bouche grande ouverte. Cela m'avait donné l'impression, au début, qu'il voulait se montrer chaleureux, mais, petit à petit, j'avais compris qu'il ne cherchait qu'à exhiber ses dents en or.

Long'er se montrait assez aimable avec moi. Lorsque je le rencontrais, il me proposait souvent, avec un grand sourire :

— Viens prendre un thé chez moi, Fugui.

Je n'étais jamais allé chez lui, craignant la souffrance que j'en éprouverais et d'avoir envie d'y rester. Il était facile d'imaginer ce que je ressentirais, dans cette maison qui lui appartenait désormais. Un proverbe dit que, quand on tombe dans une situation difficile, on ne peut pas se faire du souci pour tout. Je me rangeai finalement à cette vérité proverbiale et je me rendis chez Long'er. Je le trouvai installé dans un grand fauteuil, les pieds posés sur un banc, tenant une théière d'une main, un éventail de l'autre. En me voyant, il ouvrit grand la bouche.

— Mais c'est Fugui ! Va te chercher un petit banc et assieds-toi.

Toujours allongé dans son grand fauteuil, il n'avait pas bougé. N'attendant plus qu'il me serve le thé, je m'assis.

— Tu es venu m'emprunter de l'argent, Fugui ? me demanda-t-il.

J'avais à peine dit non qu'il continuait :

— En principe, je dois te prêter un peu d'argent. Comme dit le proverbe : "Il faut sauver les gens de leurs difficultés immédiates et non pas les tirer de la pauvreté." De même, je peux résoudre ton problème le plus pressant, mais je ne saurai te tirer de ta pauvreté.

Je hochai la tête.

— Pourriez-vous m'affermer quelques *mu* de terres ? demandai-je.

— Combien de *mu* veux-tu ? répliqua-t-il en souriant.

— Cinq *mu*.

— Cinq *mu* ? répéta Long'er, étonné. Etant donné ton état de santé, cela ne te sera pas trop difficile ?

— Avec un peu d'exercice, ça ira, répondis-je.

— Bien, déclara-t-il après un instant de réflexion. Puisque nous sommes de vieilles connaissances, je t'afferme cinq *mu* de bonnes terres.

Comme Long'er tenait quand même à rester en bonnes relations avec nous, il me confia les cinq *mu* de bonnes terres promis. Obligé de les cultiver tout seul, j'étais mort de fatigue. Je n'avais jamais travaillé aux champs et j'essayais d'imiter les autres. Inutile de parler de ma lenteur. Je restais dans les champs toute la journée et la nuit, tant que durait le clair de lune, je continuais à travailler. Chaque culture a sa saison et si on rate la saison, on a tout perdu. A cette époque, j'étais incapable de payer mes fermages à Long'er, sans parler de nourrir ma famille. L'oiseau qui vole lentement doit partir avant les autres, dit un proverbe. Il fallait que je vole plus longtemps.

Ma mère souffrait de me voir dans cet état, et elle venait aussi travailler aux champs. Très âgée, les pieds bandés, elle ne pouvait même pas se redresser quand elle était restée courbée un moment, et elle finissait souvent par s'asseoir carrément par terre.

— Mère, lui dis-je un jour, va, retourne à la maison.

Elle secoua la tête.

— Quatre mains, ça vaut toujours mieux que deux, me répondit-elle.

— Mais si tu tombes malade, il ne restera plus une seule main, lui expliquai-je. Je serai obligé de m'occuper de toi.

A la suite de quoi elle renonça à travailler au champ et retourna s'asseoir sur le chemin qui le bordait à côté de Fengxia.

Fengxia venait tous les jours me tenir compagnie. Elle mettait toutes les fleurs qu'elle avait cueillies sur ses genoux et me les montrait une à une, en me demandant leur nom. Mais je les connaissais mal et je lui répondais :

— Va poser cette question à ta grand-mère.

Lorsqu'elle me voyait utiliser la houe, ma mère me criait :

— Attention, ne te coupe pas les pieds.

Et quand je me servais de la faucille, elle s'inquiétait encore plus :

— Fugui ! Ne te coupe pas les doigts.

Mais ma mère avait beau me mettre en garde, il y avait trop à faire, je devais tout le temps me dépêcher et je ne manquais jamais de me couper le doigt ou le pied. Ma mère souffrait lorsqu'elle voyait ma blessure saigner. En se balançant sur ses petits pieds bandés, elle accourait et s'empressait de la couvrir d'un emplâtre de boue. Elle me grondait sans arrêt et chaque réplique la faisait pleurer.

Ma mère prétendait que la boue des champs était extrêmement riche. Que non seulement elle fertilisait la terre, mais qu'elle guérissait aussi les maladies. Depuis lors, je recouvre toujours mes blessures d'une poignée de boue mouillée. Ma mère avait raison, il ne faut pas oublier les vertus de la boue : c'est un excellent médicament pour toutes sortes de maladies.

Quand on est constamment fatigué, à bout de forces, on ne peut pas penser à tout. Depuis que j'avais loué ces terres à Long'er, je m'endormais aussitôt couché, sans réfléchir à quoi que ce soit. Bien sûr, la vie était dure, épuisante, mais je me sentais quand même rassuré. La famille des Xu possède de nouveau un poussin, me disais-je, et si tout va bien, d'ici quelques années, le poussin se transformera en oie. Et un jour, notre famille redeviendra riche.

Je ne portais plus de vêtements de soie. C'était ma mère qui, de ses propres mains, tissait l'étoffe de mes habits. Au début, je me sentais mal à l'aise dans ces tissus qui grattaient la peau mais, à la longue, je m'y habituai. Un jour, Wang Xi, un ancien fermier de la famille qui avait deux ans de plus que moi, mourut. Avant sa mort, il avait prié son fils de me remettre son vêtement de soie. Il n'avait jamais oublié que j'avais été son jeune maître et il espérait que je pourrais profiter de ce vêtement jusqu'à ma mort. Mais apparemment, je n'étais pas digne d'une telle gentillesse. J'endossai bien ce vêtement mais l'enlevai aussitôt. Il était d'un contact si désagréable ! Aussi lisse qu'un habit de morve…

Environ trois mois plus tard, Changgen, un autre vieux fermier de la famille, arriva. J'étais en plein travail, et ma mère était assise avec Fengxia à la lisière du champ. S'appuyant sur une branche d'arbre sèche, Changgen venait vers nous. Il était en haillons, besace au bras, un vieux bol à la main. Il était devenu mendiant. Fengxia fut la première à l'apercevoir.

— Changgen ! Changgen ! cria-t-elle.

Ma mère alla aussitôt au-devant de cet homme qui avait grandi chez nous.

— Madame, dit celui-ci en essuyant ses larmes, je reviens vous voir. Vous m'avez manqué.

Il me rejoignit dans le champ. En me voyant vêtu de toile et couvert de boue, il se remit à pleurer.

— Jeune maître, comment en es-tu arrivé là ? me demanda-t-il.

Après notre ruine, c'était Changgen qui avait rencontré le plus de difficultés. Selon la règle, nous aurions dû le prendre en charge, lui qui avait travaillé pour nous toute sa vie. Mais la famille n'ayant plus rien, il s'était vu obligé de partir et de vivre de mendicité.

Le retour de Changgen me remplit de remords. Quand j'étais petit, il me portait sur son dos et nous nous promenions comme ça partout. Ensuite, pendant ma jeunesse, je n'avais plus jamais pensé à lui. Et il était pourtant revenu nous voir. J'en étais vraiment surpris.

— Tu vas bien ? lui demandai-je.

— Ça peut aller, répondit-il en essuyant ses larmes.

— Tu as trouvé une autre famille pour t'employer ?

— Je suis trop vieux, répondit-il en secouant la tête. Qui voudrait encore de moi ?

Les larmes me montèrent aux yeux. Oubliant son propre malheur, Changgen pleurait sur moi.

— Jeune maître, comment peux-tu supporter une telle souffrance ? me demanda-t-il.

Changgen passa la nuit chez nous. Je discutai avec ma mère de la possibilité de le garder à la maison, quitte à ce que la vie soit encore plus dure pour nous.

— Tant pis, dis-je à ma mère, il faut qu'il reste. Nous mangerons chacun un peu moins, mais nous pourrons le nourrir.

— Bien sûr, répondit-elle en hochant la tête. Changgen est un homme de cœur.

— Changgen, puisque te voilà de retour, lui dis-je le lendemain, ça tombe bien. Nous avons justement besoin d'aide. Tu vas t'installer ici, d'accord ?

Changgen me regarda en riant. Mais son rire se transforma bientôt en larmes.

— Jeune maître, dit-il, je n'ai plus la force de vous aider. Mais votre gentillesse, c'est déjà beaucoup pour moi.

En dépit de ma mère et de moi, qui faisions tout pour le retenir, il voulut absolument partir.

— Je dois m'en aller, déclara-t-il, mais je reviendrai sûrement vous voir.

Changgen revint en effet, une fois. Il apportait à Fengxia un bout de ruban de soie rouge pour ses cheveux. Il avait ramassé ce ruban sur la route, l'avait soigneusement lavé et, le portant sur son cœur, était venu spécialement l'offrir à Fengxia. Après quoi il partit et je ne le revis plus jamais.

Puisque j'avais loué des terres à Long'er, j'étais devenu son fermier. Je ne pouvais donc plus l'appeler "Long'er" comme autrefois, mais "maître". Au début, Long'er écartait le mot du geste.

— Les formules de politesse ne sont pas nécessaires entre nous, Fugui, disait-il.

A la longue, il s'y était pourtant habitué. Il venait souvent bavarder un moment avec moi quand je travaillais aux champs. Un jour que j'étais en train de récolter le riz, suivi de Fengxia qui ramassait des épis, il arriva en se rengorgeant.

— Fugui, déclara-t-il, j'ai pris une décision. Je ne jouerai plus. Au jeu, on ne peut pas toujours gagner. Il est grand temps que je m'arrête, sinon je risque de me retrouver dans la même situation que toi.

Je m'inclinai devant lui.

— Vous avez raison, maître, dis-je respectueusement.

— C'est ta fille ? demanda Long'er le doigt pointé sur Fengxia.

Je m'inclinai à nouveau.

— Oui, maître.

Frappée de stupeur, ses épis de riz dans les mains, Fengxia ne quittait pas Long'er des yeux. J'intervins rapidement.

— Salue le maître, dis-je à ma fille.

Elle s'inclina comme moi devant Long'er.

— Oui, maître, dit-elle.

Je pensais souvent à Jiazhen et au bébé qu'elle portait. Deux mois après son départ, elle nous fit parvenir un message : elle avait accouché, c'était un garçon, son père l'avait nommé Youqin.

— Quel est le nom de famille de Youqin ? demanda discrètement ma mère au messager.

— Il s'appelle Xu, bien entendu, répondit-il.

A ce moment-là, je me trouvais aux champs. Ma mère se dépêcha de m'apporter la nouvelle. En l'apprenant, je posai ma houe et me précipitai sur la route qui conduisait à la ville. Mais je m'arrêtai au bout de quelques pas. Si j'arrive là-bas et demande à voir Jiazhen et notre fils, pensai-je, mon beau-père m'interdira sa porte.

— Mère, dis-je, rentre vite te préparer et va voir Jiazhen.

Ma mère répétait aussi sans arrêt qu'elle voulait aller voir son petit-fils, mais les jours passaient et elle ne partait toujours pas. Je pouvais difficilement la harceler. Selon la coutume, Jiazhen, ayant été ramenée de force chez ses parents, devait être raccompagnée ici par sa famille paternelle.

— Puisqu'on a donné à Youqin le nom de Xu, Jiazhen ne devrait pas tarder à rentrer, remarqua ma mère. Mais pour l'instant, elle doit être encore trop faible. Il vaut mieux qu'elle reste en ville pour se fortifier.

Lorsque Youqin eut six mois, Jiazhen rentra à la maison. Elle n'avait pas pris le palanquin. Elle avait marché une dizaine de lis, son fils ficelé comme un paquet sur son dos. Youqin, les yeux fermés, balançait sa petite tête sur l'épaule de sa mère. Il venait voir son père.

Jiazhen était très belle ce jour-là avec sa robe chinoise couleur cerise et son balluchon, à fleurs blanches sur fond bleu, au bras. Dans les champs, le long de la route, le colza doré était en fleur et les abeilles bourdonnaient dans un va-et-vient incessant. En arrivant devant la maison, Jiazhen resta un instant à la porte et sourit à ma mère.

Assise à l'intérieur, celle-ci tressait des chaussures de paille. Elle leva la tête et aperçut une belle jeune femme à l'entrée. Mais noyée comme elle était dans les rayons du soleil, ma mère ne pouvait pas la reconnaître, ni voir Youqin derrière son dos.

— De quelle famille êtes-vous, mademoiselle ? demanda-t-elle. Qui cherchez-vous ?

— C'est moi, Jiazhen, répondit-elle en éclatant de rire.

Nous étions aux champs, Fengxia et moi. Assise sur le chemin, Fengxia me regardait travailler. Tout à coup, j'entendis qu'on m'appelait, et la voix ressemblait à celle de ma mère.

— Qui m'appelle ? demandai-je à ma fille.

Fengxia se retourna et regarda.

— C'est grand-mère, dit-elle.

Je me redressai et aperçus ma mère, qui criait à tue-tête devant la maison ; et à côté d'elle, Jiazhen, dans sa robe couleur cerise, avec Youqin. En reconnaissant sa mère, Fengxia courut aussitôt vers elle. Quant à moi, l'aspect de ma propre mère me plongea

63

dans l'affliction. Le dos voûté, elle déployait toutes ses forces pour m'appeler, les mains appuyées sur les genoux pour ne pas tomber. Fengxia courut très vite se jeter dans les jambes de sa mère et Jiazhen, Youqin dans les bras, s'accroupit pour embrasser sa fille. Ma mère criait toujours alors que je remontais du champ, mais plus je m'approchais d'eux, plus je me sentais perdu. Arrivé devant Jiazhen, je lui souris. Elle se redressa et posa son regard sur moi. Emue par mon allure lamentable, elle baissa la tête et se mit à sangloter doucement.

A côté, ma mère pleurait à grand bruit.

— Tu vois, me dit-elle, je ne m'étais pas trompée. Jiazhen est ta femme et personne ne pourra te l'enlever.

Avec le retour de Jiazhen, notre famille se retrouvait au complet et j'avais quelqu'un pour m'aider au travail. Je me mis à prendre soin de ma femme. C'était du moins ce qu'elle me disait, car moi-même je n'en avais pas conscience.

— Va te reposer un peu, lui proposais-je souvent.

Jiazhen avait grandi en ville, elle était fine et délicate. Cela me faisait naturellement de la peine de la voir travailler si dur. Lorsque je l'encourageais à prendre du repos, elle se sentait heureuse.

— Je ne suis pas fatiguée, répondait-elle en souriant.

Comme disait ma mère, tant qu'on est heureux on n'a pas peur de la misère. Un jour, Jiazhen enleva sa robe chinoise et se mit à porter, comme moi, des vêtements de toile. Elle avait beau être au bord de l'épuisement, elle ne se départissait jamais de son sourire.

Fengxia non plus n'était pas moins gaie qu'auparavant, dans notre chaumière. Quand la nourriture était mauvaise, elle la mangeait sans la recracher. Et, grâce à la présence de son frère, elle était encore plus heureuse maintenant. Elle ne venait plus me tenir compagnie au champ, elle préférait s'occuper de lui. Celui-ci n'avait pas eu beaucoup de chance. Il n'avait vécu que six mois en ville avant de connaître la vie rude que nous menions à présent, tandis que sa sœur avait tout de même profité de quatre ou cinq ans de beaux jours. Je me sentais vraiment très indigne de mon fils.

Un an après ces événements, ma mère tomba malade. Au début, elle ne souffrait que de vertiges. Elle prétendait que sa vue se brouillait lorsqu'elle nous regardait. Je n'y prêtais pas tellement attention, pensant qu'il était normal, à son âge, d'avoir quelques ennuis avec ses yeux. Mais un jour qu'elle était au fourneau, sa tête pencha brusquement et elle s'appuya contre le mur, comme si elle dormait. Elle resta dans cette position jusqu'à notre retour. Jiazhen l'appela et sans attendre sa réponse, la poussa légèrement. Ma mère glissa alors le long du mur. Prise de panique, Jiazhen m'appela en criant à tue-tête. Lorsque j'arrivai, ma mère se réveilla et nous dévisagea. Mais elle ne réagit ni à nos appels ni à nos questions. Soudain, une odeur de brûlé lui fit comprendre que le riz devait être trop cuit. Alors elle ouvrit la bouche pour demander :

— Oh, j'ai dormi ?

Affolée, elle se leva aussitôt, mais elle était à peine debout que ses jambes la lâchèrent, et elle retomba par terre. Je me dépêchai de la mettre au lit. Elle répétait sans arrêt qu'elle s'était endormie, craignant qu'on ne la crût pas. Jiazhen m'attira dans un coin.

— Va en ville chercher un médecin, me dit-elle.

Un médecin, il fallait le payer, et cela coûtait cher. Comme je ne réagissais pas, Jiazhen souleva le matelas et en tira deux pièces d'argent enveloppées dans un mouchoir. Cela me fit beaucoup de peine. Jiazhen avait rapporté quelques pièces de la ville, et il n'en restait que deux. Mais la santé de ma mère m'inspirant plus d'inquiétude encore, je les pris. Jiazhen replia le mouchoir et le remit sous le matelas, puis elle me donna un vêtement propre pour que je me change.

— J'y vais, dis-je.

Sans mot dire, elle m'accompagna jusqu'à la porte. Je fis quelques pas, me retournai, la regardai. Elle repoussa ses cheveux en arrière et me fit un petit signe de tête. C'était la première fois que je la quittais depuis son retour. Je partais en ville, habillé d'un vêtement usé mais propre, et avec les chaussures de paille neuves que ma mère avait elle-même tressées. Assise sur le seuil de la maison, Fengxia veillait sur son frère endormi. Me voyant habillé d'un vêtement propre, elle me demanda :

— Tu ne vas pas aux champs, père ?

Je marchai vite et gagnai la ville en moins d'une demi-heure. Cela faisait plus d'un an que je n'y étais pas retourné. J'avais le cœur serré à l'idée que je pouvais rencontrer des gens de connaissance. Je suis si mal habillé, pensais-je, que vont-ils dire en me voyant ? Ce que je craignais le plus, c'était de rencontrer mon beau-père. Plutôt que de traverser la rue où se trouvait son magasin, je m'arrangeai pour faire un détour. Il y avait plusieurs médecins en ville. Je les connaissais bien, je savais distinguer l'arnaqueur de l'homme honnête. Après avoir réfléchi un moment, je décidai d'aller voir le docteur Lin, qui habitait à côté d'une boutique de soie. Compte tenu de mes liens avec Jiazhen, ce vieil homme, qui était un ami de mon beau-père, ne devrait pas me faire payer trop cher.

En passant devant le palais du préfet du district, je vis un petit garçon, vêtu de soie, dressé sur la pointe des pieds, qui s'efforçait d'attraper le marteau de bronze pour frapper à la porte. Il avait à peu près le même âge que Fengxia. Convaincu qu'il s'agissait du fils du préfet, je m'approchai.

— Attends, dis-je, je vais frapper pour toi.

Très content, le garçon hocha la tête. Je saisis le marteau et frappai avec force plusieurs coups.

— J'arrive, répondit une voix de l'intérieur.

— Vite, il faut partir maintenant, déclara le petit garçon.

Je n'avais pas encore compris qu'il avait déjà déguerpi en rasant les murs. La porte s'ouvrit. En voyant mes vêtements, l'homme qui apparut, en tenue de domestique, me repoussa sans un mot. Surpris par sa réaction, je perdis l'équilibre et dégringolai les marches du perron. Je me relevais et j'allais partir quand il me rejoignit et me donna un coup de pied.

— Ce n'est pas ici qu'on peut venir mendier, cria-t-il.

Brusquement la colère me prit.

— Je préférerais ronger les os de tes ancêtres plutôt que de tendre la main ici, ripostai-je.

Il se jeta sur moi et me frappa. J'encaissai quelques coups de poing, et il eut droit à un coup de pied. Nous nous mîmes alors à nous battre sérieusement dans la rue. L'individu était très méchant. Lorsqu'il n'arrivait à rien, il envoyait son pied dans mon entrejambe. Et moi, j'envoyais le mien sur ses fesses. En réalité, nous ne savions nous battre ni l'un ni l'autre. Nous entendîmes quelqu'un s'écrier :

— Ce n'est pas beau à voir, la façon dont ces deux sales bêtes se bagarrent ! Ce n'est vraiment pas beau à voir !

Nous arrêtâmes le combat. Derrière nous, se trouvaient une troupe de soldats du Guomindang, vêtus d'uniformes délavés, et une dizaine de canons, tirés par des chevaux. L'homme qui venait de faire cette réflexion portait un pistolet à la ceinture. C'était un officier. Ce que voyant, le domestique avisé s'inclina aussitôt.

— Chef… héhé… chef, dit-il.

— Vous n'êtes que deux imbéciles qui ne savez même pas vous battre ! reprit l'officier. Venez tirer les canons avec nous, ajouta-t-il en nous faisant signe d'approcher.

J'en restai pétrifié. Ainsi, il voulait m'enrôler de force… Inquiet le domestique fit un pas en avant.

— Chef, dit-il, je fais partie de la famille du préfet du district.

— Le fils du préfet doit contribuer plus que quiconque à l'effort du Guomindang et de l'Etat, répliqua l'officier.

— Non, non ! s'exclama le domestique, terrifié. Je ne suis pas son fils, je n'aurais jamais osé le prétendre. Je suis son domestique, chef de peloton !

— Je suis chef de compagnie, fils de chien !

Le domestique eut beau supplier, il ne fit qu'irriter le chef de compagnie. Celui-ci finit par lui donner une gifle.

— Ta gueule, ferme-la, va tirer les canons, lui ordonna-t-il. Et toi aussi, ajouta-t-il en s'avisant de ma présence.

Il ne me restait plus qu'à obéir. Je pris un cheval par la bride et suivis la troupe. J'avais dans l'idée de m'enfuir dès que l'occasion se présenterait. Le domestique, lui, ne cessait de supplier le chef de compagnie. Après avoir parcouru un bout de chemin, il finit par le convaincre.

— Bon, d'accord, dit l'officier. Rentre chez toi. Tu commences à m'énerver.

Le domestique jubila. On avait l'impression qu'il allait s'agenouiller et se prosterner devant l'officier. Mais non, il ne fit que se frotter les mains.

— Allez, lui dit le chef, fiche-moi le camp.

— Oui, oui, répondit le domestique, je m'en vais, je m'en vais.

Là-dessus, le domestique fit demi-tour et partit. Le chef tira son pistolet de sa ceinture et, un œil fermé, le pointa sur lui. Après avoir fait une dizaine de pas, le domestique se retourna. En voyant le pistolet, il s'arrêta, paralysé par la terreur comme l'oiseau pris, la nuit, dans un faisceau de lumière.

— Marche ! lui ordonna le chef.

Le domestique s'agenouilla brusquement.

— Chef ! Chef ! Chef ! cria-t-il en sanglotant.

Le chef tira sur lui et le rata. La balle passa juste à côté de lui et alla frapper un caillou. Celui-ci s'envola et lui écorcha la main, laquelle se mit à saigner. Le chef agita son pistolet sous le nez du domestique :

— Debout, debout ! dit-il.

Le domestique se releva.

— Marche ! lui ordonna de nouveau le chef.

Le domestique se mit à pleurer.

— Chef, le supplia-t-il en bégayant, laisse-moi tirer les canons.

— Marche ! Marche ! lui cria le chef en braquant de nouveau son pistolet sur lui.

Le domestique, qui parut soudain avoir compris quelque chose, fit demi-tour et s'enfuit à toutes jambes. Lorsque le chef tira son deuxième coup de feu, il disparaissait juste dans une ruelle.

— Nom d'un chien ! s'exclama le chef en regardant son pistolet, j'ai fermé le mauvais œil !

Je me trouvais derrière lui. En se retournant, il m'aperçut et vint vers moi, le pistolet à la main. Il le pointa sur mon cœur.

— Toi aussi, tu veux partir ?

Mes jambes tremblaient sous moi. "Cette fois-ci, même s'il se trompe et ferme les deux yeux, il lui suffit de tirer pour m'envoyer dans l'autre monde", me dis-je.

— Je vais tirer les canons, je vais tirer les canons ! m'empressai-je de répondre.

D'une main, je tenais la bride du cheval et de l'autre, je serrais dans ma poche les deux pièces d'argent que

Jiazhen m'avait données. En apercevant, à la sortie de la ville, quelques chaumières semblables à la nôtre, je me mis à pleurer.

Cette troupe d'artillerie se dirigeait vers le nord, s'éloignant de plus en plus de la ville. Je la suivais depuis plus d'un mois quand nous arrivâmes dans la province de l'Anhui. Pendant les premiers jours, je n'avais pensé qu'à déserter. Et je ne devais pas être le seul dans ce cas. On voyait périodiquement disparaître un ou deux visages familiers. Avaient-ils vraiment pris la fuite ? Je posai la question à un vieux soldat, dénommé Lao Quan.

— Personne ne peut s'enfuir, me répondit-il.

Là-dessus il me demanda si j'avais entendu quelquefois, dans la nuit, des bruits de canon. Comme je lui répondais par l'affirmative, il m'expliqua :

— On a tiré au canon sur les déserteurs. Même s'ils n'ont pas été tués, ils ont sûrement été rattrapés par d'autres.

La peur me faisait frissonner. Lao Quan m'apprit qu'il avait été enrôlé de force pendant la guerre sino-japonaise. Il avait déserté en arrivant dans le Jiangxi, mais quelques jours plus tard il avait été rattrapé par une troupe du Fujian. Depuis six ans qu'ils étaient engagés dans la guérilla contre les communistes, ils ne s'étaient jamais attaqués aux armées japonaises. Il avait déserté six fois, et avait été rattrapé chaque fois par une autre troupe. Cette compagnie était la dernière d'entre elles, et il l'avait rencontrée alors qu'il était à une centaine de lis de chez lui. Lao Quan avait renoncé à s'enfuir, maintenant.

— J'en ai assez de déserter, se lamentait-il.

Depuis que nous étions passés de l'autre côté du fleuve Yangzi, nous portions la veste ouatée. Arrivé là, je n'osais plus déserter. Plus je m'éloignais de mon pays natal, moins j'en avais le courage. Notre compagnie comptait une dizaine de garçons de quinze ou seize ans, dont Chunsheng, qui venait du Jiangsu. Celui-ci ne cessait de me demander si nous allions faire la guerre au nord. Je lui répondais que oui, mais en réalité je n'en savais rien non plus. Je pensais seulement que, en tant que soldats, nous ne pouvions pas éviter la guerre. Chunsheng et moi, nous nous entendions très bien. Il s'arrangeait toujours pour se trouver à côté de moi.

— Est-ce que nous allons mourir ? me demandait-il en me tirant par le bras.

Le cœur aussi serré que le sien, je lui répondais que je n'en savais pas plus que lui. Depuis la traversée du Yangzi, nous entendions des coups de feu. Au début, ils semblaient venir de très loin. Mais après deux jours de marche, ils se firent de plus en plus forts. Nous arrivâmes dans un village où ne se trouvait plus personne, pas même des animaux. Quand le chef de compagnie nous ordonna d'installer les canons, je compris que cette fois nous allions vraiment faire la guerre.

— Où sommes-nous, chef ? lui demanda quelqu'un.

— Où sommes-nous ? Et à qui puis-je le demander, moi ? répondit le chef.

Même lui, il ignorait où nous nous trouvions. Le village était désert. Je n'avais devant les yeux que des arbres dénudés et quelques chaumières. Deux jours plus tard, les soldats vêtus d'uniformes délavés se firent de plus en plus nombreux. Je voyais sans cesse passer des troupes, et d'autres s'installer près de nous. Deux jours s'écoulèrent encore. Nous n'avions toujours pas tiré un seul coup de canon.

— Nous sommes encerclés, nous informa le chef.

Cela ne concernait pas seulement notre compagnie. Environ cent mille soldats du Guomindang étaient encerclés dans un périmètre d'une vingtaine de lis. La terre était jonchée de vêtements jaunis, comme un jour de foire. Assis sur un talus, à l'extérieur de la tranchée, Lao Quan était transformé. Tout en fumant, il regardait les soldats aller et venir et, de temps en temps, saluait quelqu'un au passage. Il connaissait vraiment beaucoup de monde. Avec sept troupes différentes, il avait parcouru presque tout le pays. Il échangeait en plaisantant des propos vulgaires avec de vieilles connaissances, se renseignait au sujet de quelques autres. J'entendais dire : "Ils sont morts" ou bien "Je les ai vus il y a deux jours". Lao Quan nous apprit, à Chunsheng et à moi, qu'il s'agissait de gens qui avaient déserté en même temps que lui. Quelqu'un lui cria soudain :

— Alors, Lao Quan, toujours vivant ?

Quelques instants plus tard, Lao Quan rencontrait une autre de ses connaissances.

— Tiens, quand est-ce qu'on t'a rattrapé ? lui demanda-t-il en riant.

Il avait à peine commencé à répondre que quelqu'un d'autre appelait Lao Quan. Il se retourna vivement et se leva.

— Eh ! lui cria-t-il, tu sais où est Lao Liang ?

— Il est mort, répondit l'autre en riant.

Lao Quan se rassit, consterné.

— Putain de bonsoir, grogna-t-il, il me devait une pièce d'argent.

Tout à coup, sa gaieté lui revint.

— Vous voyez, nous dit-il, à Chunsheng et à moi, personne ne réussit à déserter.

Dans un premier temps, nous fûmes seulement encerclés. L'Armée de Libération n'avait pas encore attaqué. Nous n'avions donc pas peur, et le chef de notre compagnie non plus. Il nous expliquait que notre président Chiang Kai-shek allait envoyer des chars pour nous sauver. Plus tard, les coups de feu se firent de plus en plus forts. Nous n'avions toujours pas peur, mais nous nous ennuyions à ne rien faire. Le chef ne donnait toujours pas l'ordre de tirer. Un vieux soldat, qui estimait qu'il ne fallait pas rester inactif alors que, sur le front, des soldats étaient blessés ou en train de mourir, alla lui demander :

— Est-ce qu'on peut tirer quelques coups de canon ?

Furieux, le chef qu'il avait interrompu en pleine partie de cartes dans la tranchée, riposta par une autre question :

— Tirer ? Mais sur qui ?

Le chef avait sans doute raison. Si les obus tombaient sur les soldats du front, ceux-ci se vengeraient aussitôt sur nous. Et ils ne plaisanteraient pas. Le chef nous ordonna de ne pas bouger de la tranchée. Nous étions autorisés à y faire tout ce que nous voulions, sauf du tir au canon.

Depuis que nous étions encerclés, la nourriture et les munitions nous étaient parachutées. Lorsque les avions apparaissaient, la bousculade commençait. Serrés comme des fourmis, n'éprouvant qu'indifférence pour les caisses de munitions, tous les soldats se ruaient sur les sacs de riz. Les avions une fois partis, ceux des soldats du Guomindang qui avaient réussi à s'emparer des sacs se mettaient à deux pour en porter un, sous la protection d'autres soldats, fusil en main. Ils regagnaient ainsi leur tranchée en ordre dispersé, groupe par groupe.

On vit un jour les soldats du Guomindang se précipiter par bandes sur les chaumières vides et les arbres dénudés. Les uns grimpèrent sur les toits et entreprirent de démolir les maisons, tandis que les autres coupaient les arbres. Cela n'avait rien d'un acte de guerre, mais le tumulte couvrait presque entièrement les tirs venus du front. En l'espace de quelques heures, les maisons et les arbres eurent complètement disparu de l'horizon. Sur ce terrain dépouillé, il n'y avait plus que des soldats, les uns portant sur le dos des poutres et des troncs d'arbres, les autres transportant dans leurs bras des bancs et des morceaux de bois. Oscillant dans le ciel, des fumées s'élevèrent ensuite au-dessus des tranchées où ils faisaient maintenant cuire leur riz.

A cette époque, nous avions des cartouches à ne savoir qu'en faire. Où que nous nous allongions, elles nous rentraient dans le dos. Après avoir démoli les maisons et coupé les arbres des environs, les soldats du Guomindang, baïonnette en main, se mirent à la recherche d'herbe sèche. A croire qu'on se trouvait en pleine saison agricole, en train de récolter le riz. Le front couvert de sueur, d'autres s'employaient à arracher les racines des arbres, ou encore à fouiller les tombes pour récupérer le bois des cercueils. Après avoir ouvert un cercueil, ils ne se donnaient pas la peine d'enterrer de nouveau le défunt ; ils jetaient simplement ses os à l'extérieur de la fosse. Dans la situation où nous nous trouvions, des os n'étaient pas pour nous faire peur. La nuit, même s'il nous arrivait de dormir à côté, ils ne nous provoquaient pas de cauchemars. Nous avions de plus en plus de riz, alors qu'il nous restait de moins en moins de bois pour le cuire. Plus personne ne se disputant le riz, nous allâmes tous les trois en chercher un sac que nous mîmes dans la tranchée en guise de lit. Grâce à quoi nous avons pu dormir confortablement installés, sans être gênés par les cartouches.

Chiang Kai-shek ne nous avait toujours pas fait sortir de l'encerclement quand nous nous retrouvâmes sans rien pour faire cuire le riz. Heureusement, au lieu de riz, les avions nous parachutaient maintenant des galettes. Dès qu'ils touchaient terre, les soldats se précipitaient sur les sacs et se les disputaient comme des animaux, en poussant des cris plus proches du hurlement des loups. Puis, ils emportaient les galettes, empilées comme les semelles de chaussures que ma mère fabriquait.

— Nous allons y aller séparément, nous avait dit Lao Quan.

Pour obtenir le plus grand nombre de galettes possible, il fallait absolument y aller chacun de son côté.

Nous partions de notre tranchée, chacun dans la direction qu'il avait choisie. Des balles perdues nous sifflaient souvent aux oreilles. Une fois, j'étais en train de courir quand un soldat tomba brusquement à côté de moi. Je crus d'abord qu'il s'était évanoui de faim, mais en me retournant je vis qu'il avait perdu la moitié de la tête. Terrifié, les jambes molles, je faillis tomber moi aussi.

Les galettes étaient plus difficiles à attraper que le riz. Comme les armées du Guomindang subissaient de lourdes pertes tous les jours, j'étais très étonné de voir autant de monde. Lorsque les avions arrivaient et que les soldats sortaient tous de leur tranchée, on aurait dit que la terre dénudée se trouvait tout à coup recouverte de pousses d'herbes. Ils couraient tous après les avions, par groupes, et se dispersaient lorsque les galettes commençaient à tomber, chacun se ruant sur le parachute visé. Les sacs de galettes n'étaient pas solides et se défaisaient aussitôt. Les soldats se jetaient par centaines sur le même parachute, et celui-ci en renversait souvent quelques-uns. J'avais mal partout après ça, comme si on m'avait suspendu et frappé avec une ceinture.

Ce jour-là, je retournai dans la tranchée avec quelques galettes. J'y retrouvai Lao Quan assis, des bleus sur tout le visage, et sans plus de galettes que moi. Malgré ses huit ans passés dans l'armée, il avait bon cœur. Il posa ses galettes sur les miennes et déclara qu'il fallait attendre Chunsheng pour manger. Accroupis dans la tranchée, nous le guettâmes tous les deux.

Il arriva un peu plus tard en courant, plié en deux, avec des chaussures de caoutchouc plein les bras. Le visage tout rouge, l'air content, il se laissa rouler dans la tranchée et nous montra les chaussures de caoutchouc éparpillées par terre.

— Ça fait beaucoup, hein ?

— Ça se mange ? lui demanda Lao Quan avec un coup d'œil dans ma direction.

— On peut faire du feu avec ça et faire cuire du riz, répondit Chunsheng.

Nous trouvâmes que c'était une bonne idée. Et comme Chunsheng ne portait aucune blessure visible sur le visage, Lao Quan me dit :

— Ce garçon est vraiment intelligent.

Grâce à Chunsheng, nous n'avions plus besoin des galettes. Et lorsque les soldats s'entassaient pour se les disputer, nous allions leur arracher leurs chaussures de caoutchouc. Certains ne réagissaient pas. D'autres se mettaient à donner des coups de pied dans tous les sens. Dans ce cas, nous nous emparions d'un casque avec lequel nous frappions violemment ces pieds désobéissants. Sous les coups, les pieds se crispaient nerveusement et se raidissaient, comme paralysés par le froid. Nous retournions alors dans notre tranchée avec des chaussures de caoutchouc plein les bras. Et comme le riz ne manquait pas, bien des souffrances physiques nous furent épargnées. Tout en veillant tous les trois sur le feu, nous regardions en riant les soldats trotter pieds nus dans le vent d'hiver.

De jour comme de nuit, les tirs en provenance du front se faisaient de plus en plus fréquents. Réfugiés dans nos tranchées, nous étions habitués à ces bruits et à voir des obus exploser autour de nous. Les canons de notre compagnie avaient été détruits et ne représentaient plus qu'un tas de ferraille inutilisable. Cette fois encore, nous n'avions rien à faire. Les jours passant, Chunsheng avait cessé d'avoir peur. Cela aurait servi à quoi ?

Alors que nous les imaginions encore très loin, les coups de feu se rapprochaient. Le plus insupportable, c'était le froid qui nous tirait du sommeil au bout de quelques minutes. Et nous étions assourdis par les explosions d'obus. Mais Chunsheng était quand même un gamin et lorsqu'un obus explosa près de lui, il sursauta dans son sommeil et à son réveil, il sortit, furibond, de la tranchée.

— Bon sang de bois ! Faites moins de bruit ! cria-t-il dans la direction des coups de feu. Je n'arrive pas à dormir, moi !

Les balles sifflaient autour de nous à ce moment-là et je le tirai précipitamment dans la tranchée.

L'armée du Guomindang se repliait jour après jour. Nous n'osions plus sortir de notre tranchée, sauf pour aller chercher à manger quand nous étions affamés. Chaque jour, on ramenait du front des milliers de blessés. Notre compagnie, qui occupait une position tout à fait à l'arrière, en fut littéralement envahie. Nous passâmes quelques jours, Lao Quan, Chunsheng et moi, la tête hors de la tranchée, à regarder les soldats transporter de notre côté des hommes sans bras ou sans jambes. Peu de temps après, arriva un long cortège de brancards. Ayant trouvé une place libre près de nous, après avoir crié "Une ! Deux ! Trois !", les hommes retournèrent leurs brancards et déversèrent les blessés par terre, comme des ordures dans une poubelle. Puis ils s'en allèrent, sans autre forme de procès. Les blessés hurlaient de douleur. Leurs cris répétés et leurs gémissements nous parvenaient sans interruption. En les voyant partir, Lao Quan injuria les brancardiers :

— Fils de chiens ! leur cria-t-il.

Le nombre des blessés ne faisait qu'augmenter. Dans le bruit des coups de feu venus du front, on voyait tout le temps arriver des brancards, transportant des blessés qu'on vidait par terre après avoir crié : "Une ! Deux ! Trois !" Au début, les blessés avaient été entassés par groupes séparés. Mais peu après, il ne restait plus le moindre espace entre les différents groupes. Jamais je n'oublierai les hurlements de souffrance de ces hommes. En les regardant, Chunsheng et moi nous avions été saisis d'un grand frisson. Même Lao Quan avait froncé les sourcils. "Comment peut-on faire la guerre ?" me demandai-je.

Un soir, à la tombée de la nuit, il commença à neiger. Les coups de feu avaient cessé depuis un bon moment et nous n'entendions que les gémissements des blessés, allongés hors de la tranchée. Des gémissements qui tenaient à la fois des pleurs et du rire, mais qui étaient en réalité des hurlements exprimant une souffrance insoutenable. De ma vie, je n'ai entendu des sons aussi effrayants. Ils déferlaient sur moi, comme une grande marée. Des flocons de neige tombaient. Il faisait nuit et nous ne les voyions pas, mais nous nous sentions glacés et mouillés. Nous avions les mains couvertes d'une couche moelleuse qui fondait lentement tandis qu'une nouvelle couche venait s'y rajouter.

Nous dormions tous les trois, serrés l'un contre l'autre. Nous avions faim et froid. Les avions venaient moins souvent et il était extrêmement difficile de trouver quelque chose à manger. Nous avions perdu l'espoir que notre président Chiang Kai-shek vienne nous sauver. Personne ne savait si c'était la vie ou la mort qui nous attendait. Chunsheng me poussa du coude.

— Fugui, tu dors ?

Je lui répondis que non.

Il alla secouer Lao Quan. Celui-ci ne réagit pas. Chunsheng, les larmes aux yeux, se lamenta :

— Cette fois, je crois que je n'y survivrai pas.

Je me sentis aussi emporté par l'émotion. Soudain, Lao Quan s'étira et déclara :

— Il ne faut pas se décourager.

Puis il se leva et poursuivit :

— Croyez-moi, j'ai déjà fait la guerre plusieurs dizaines de fois. Chaque fois, je me suis dit : "Je dois tout faire pour vivre." Les balles ont frôlé presque toutes les parties de mon corps, mais je n'ai jamais été blessé. Tu vivras, Chunsheng, tant que tu seras convaincu que tu vas vivre.

Nous restâmes silencieux un moment, chacun absorbé par ses propres soucis. Moi, je pensais à ma famille, à Fengxia, assise devant la maison avec Youqin, à ma mère, à Jiazhen. J'avais de plus en plus l'impression d'étouffer, j'avais du mal à respirer, comme si on m'avait obstrué le nez et la bouche.

Minuit passa. Les gémissements des blessés faiblirent. Je pensai qu'ils s'étaient presque tous endormis. Ils n'étaient plus que quelques-uns à gémir. Des bruits nous arrivaient, discontinus. On avait l'impression qu'ils étaient en train de parler, de poser des questions et d'y répondre. Leurs voix étaient si tristes qu'on avait du mal à croire qu'elles étaient celles d'êtres vivants. Quelques instants plus tard, il ne restait plus qu'un homme pour gémir encore. Sa voix basse tournoyait doucement sur moi, comme un bourdonnement de moustique. Plutôt que de gémir, on aurait dit qu'il fredonnait une chansonnette. Il régnait alentour un silence absolu où seule flottait cette voix, ininterrompue. Des larmes coulaient sur mon visage, faisant fondre la neige au passage. Elles pénétraient jusque dans mon cou, en même temps que le vent glacé.

A l'aube, on n'entendait plus rien. Après avoir jeté un coup d'œil au-dehors, nous nous aperçûmes que les milliers de blessés qui, la veille, gémissaient encore, étaient tous morts. Allongés pêle-mêle sur le sol, immobiles, ils étaient couverts d'une légère couche de neige. Nous, les survivants, à l'abri des tranchées, nous restâmes longtemps sans rien dire, effarés. Même Lao Quan, ce vieux soldat qui avait vu tant de morts, fut frappé de stupeur.

— Quelle misère ! finit-il par dire en soupirant et en secouant la tête.

Il sortit de la tranchée et se mit à marcher parmi les morts. Plié en deux, il les enjambait, retournant l'un, tirant l'autre, s'accroupissant de temps en temps pour nettoyer un visage avec de la neige. Soudain, on entendit de nouveau des coups de feu. Des balles arrivaient de notre côté. Tout à coup réveillés, Chunsheng et moi nous criâmes à Lao Quan :

— Reviens ! Vite !

Lao Quan ne tint pas compte de notre appel. Il continua son inspection. Quand il s'arrêta enfin, après un dernier coup d'œil autour de lui, il revint vers nous avec quatre doigts levés.

— Quatre, j'en connais quatre, déclara-t-il en hochant la tête.

Soudain son regard devint fixe. Il était debout, les jambes raides. Mais elles l'abandonnèrent brusquement et il se retrouva à genoux. Nous ne comprenions pas ce qui lui arrivait, mais en voyant des balles filer dans sa direction, nous hurlâmes :

— Lao Quan, reviens vite !

Nous l'appelâmes plusieurs fois mais Lao Quan, toujours à genoux, ne bougeait pas. Convaincu alors qu'il avait dû lui arriver quelque chose, je sortis précipitamment de la tranchée et courus vers lui. En approchant, j'aperçus une grosse tache de sang sur son dos. Pris de panique, j'appelai Chunsheng d'une voix pleine de sanglots. A nous deux, nous transportâmes Lao Quan jusque dans la tranchée. Quelques balles nous frôlèrent au passage avec un sifflement aigu.

Après avoir allongé Lao Quan, je passai la main dans son dos, là où je voyais du sang. L'endroit était mouillé et brûlant. Le sang continuait à couler entre mes doigts. Lao Quan cligna lentement des yeux, comme s'il essayait de nous voir. Puis il remua la bouche.

— Où sommes-nous ? nous demanda-t-il d'une voix éteinte.

Nous regardâmes autour de nous, Chunsheng et moi. Comment savoir où nous nous trouvions ? Nous posâmes de nouveau les yeux sur Lao Quan. Celui-ci ferma vivement les paupières, puis les rouvrit lentement sur des yeux de plus en plus grands. Ses lèvres frémissaient comme pour laisser échapper un rire amer. Il déclara soudain, d'une voix rauque :

— Dire que je ne sais même pas où je vais mourir…

Lao Quan mourut peu de temps après. C'est en voyant sa tête penchée sur le côté que, Chunsheng et moi, nous comprîmes qu'il était mort. Nous nous regardâmes, sans un mot. Puis Chunsheng se mit à pleurer et je ne pus m'empêcher d'en faire autant.

Plus tard, nous aperçûmes le chef de notre compagnie qui se dirigeait vers l'ouest, vêtu en civil, avec un tas de billets de banque dans sa ceinture, et portant un paquet. Il était visible qu'il s'enfuyait. Les billets de banque attachés à l'intérieur de ses vêtements lui donnaient l'air d'une grosse vieille dame qui marchait en se dandinant.

— Chef, cria un jeune soldat, est-ce que le président Chiang Kai-shek va encore venir nous sauver ?

— Imbécile ! répliqua le chef en se tournant vers lui. Même ta mère ne viendrait pas te sauver dans pareille situation. Tu ferais mieux de te sauver toi-même.

Un vieux soldat tira sur lui et le rata. Au bruit de la balle qui passait près de lui, le chef se mit à courir à toutes jambes. Il ne restait plus trace de son ancienne superbe. D'autres soldats prirent leur fusil et tirèrent sur lui. Le chef poussa un hurlement et s'éloigna en bondissant sur la neige.

Des coups de feu claquaient tout près de nous. Nous voyions les soldats tirer et tomber les uns après les autres en se balançant dans la fumée. Je craignais bien de ne pouvoir vivre plus longtemps. "Cela va être mon tour maintenant, je mourrai certainement avant midi", me disais-je. Après avoir vécu presque un mois sous le feu, je n'avais plus tellement peur de la mort. Seulement, je trouvais vraiment injuste de mourir comme ça, sans avoir rien compris. Ma mère et Jiazhen ne sauraient même pas à quel endroit j'étais mort.

L'air sombre, Chunsheng me regardait, la main toujours posée sur Lao Quan. Après avoir mangé du riz mal cuit pendant plusieurs jours, il avait les joues enflées. Il tira la langue et se lécha les lèvres.

— Je veux des galettes, me dit-il.

Dans ces circonstances, vivre ou mourir n'avait plus tellement d'importance. Lui, il ne demandait qu'à manger une galette avant sa mort. Il se leva. J'oubliai de lui rappeler de faire attention aux balles. Il regarda autour de lui.

— Il y a peut-être encore des galettes quelque part, me dit-il. Je vais chercher.

Il sortit de la tranchée. Je le laissai faire. Puisque de toute façon, nous devions être tous morts avant midi, ce serait merveilleux s'il arrivait à manger une galette. Chunsheng sauta par-dessus un cadavre, fit quelques pas et se tourna vers moi.

— Ne bouge pas, me dit-il, je reviendrai dès que j'aurai trouvé des galettes.

Il avança, bras ballants, tête baissée, puis disparut dans la fumée. L'air était chargé d'odeurs de poudre. On avait l'impression, en respirant, d'avoir la gorge encombrée de petits cailloux.

Tous les survivants de notre tranchée furent capturés avant midi. Lorsque l'Armée de Libération se rua sur nous, fusil en main, un vieux soldat de notre compagnie nous ordonna de lever les bras. Il était tellement tendu que son visage avait viré au gris. Il nous criait sans cesse de ne pas toucher à nos fusils car si nous mourions, il ne voulait pas partager notre sort.

Un soldat communiste, un peu plus âgé que Chunsheng, braqua son fusil sur moi. Le cœur serré, je fus convaincu que, cette fois, j'allais vraiment mourir. Mais il ne tira pas. Il ne faisait que crier. Je compris qu'il m'ordonnait de sortir de la tranchée. Tout à coup, mon cœur se mit à battre très fort. J'avais de nouveau l'espoir de vivre. Je sortis de la tranchée.

— Baisse les bras, me dit-il.

Je baissai les bras, soulagé. A lui tout seul, ce soldat emmena vers le sud une vingtaine de prisonniers, sur un rang. Peu de temps après, nous nous joignîmes à un plus grand convoi de prisonniers. Partout, des fumées épaisses s'élevaient dans le ciel, inclinées dans la même direction. Le sol était cahoteux, couvert de cadavres et de matériel détruit. Les camions incendiés n'avaient pas fini de brûler. Après avoir fait encore un bout de chemin j'aperçus, venant du nord, une vingtaine de soldats communistes qui se dirigeaient vers nous, chargés de paniers pleins de petits pains à la vapeur. Les petits pains fumants nous faisaient venir la salive à la bouche.

— Allez, rangez-vous, dit un officier.

A ma grande surprise, ils venaient nous apporter de la nourriture. Comme il aurait été heureux, Chunsheng, s'il avait été là ! Etait-il mort ou vivant, ce gamin ? me demandai-je en regardant au loin.

Nous formâmes nous-mêmes une vingtaine de rangs, et chacun à tour de rôle alla prendre deux petits pains. Je n'avais jamais vu autant de monde se nourrir ensemble. Nous faisions plus de bruit que des centaines de cochons. Nous avalions tous extrêmement vite. Certains se mirent à tousser sans arrêt et de plus en plus bruyamment. Le prisonnier qui était à côté de moi était aussi celui qui toussait le plus fort. Cela lui faisait tellement mal que son visage ruisselait de larmes. La plupart des gens avaient l'impression d'étouffer. Ils levaient les yeux au ciel en les écarquillant, mais sans faire le moindre mouvement.

Le lendemain matin on nous rassembla sur un terrain vague, assis par terre, un rang derrière l'autre, avec deux tables devant nous. Un homme, qui avait l'air d'un officier, nous fit un discours. Il commença par parler de la nécessité de libérer toute la Chine. Puis, pour terminer, il déclara que ceux qui désiraient s'engager dans l'Armée de Libération devaient rester assis, et que ceux qui voulaient rentrer chez eux pouvaient venir chercher de quoi payer leurs frais de voyage.

A l'idée de rentrer, je fus ému et transporté de joie. Mais la vue du revolver que l'officier portait à sa ceinture provoqua chez moi un renouveau de panique. Je pensai qu'une chose aussi merveilleuse ne pouvait pas exister. La plupart des prisonniers étaient toujours assis. Certains se levèrent et se dirigèrent vers les deux tables. A ma surprise, on leur donna de l'argent pour leurs frais de voyage. L'officier ne les quittait pas des yeux. Ayant reçu leur argent, ils allèrent chercher un laissez-passer et se mirent en route. J'étais extrêmement inquiet, pensant que l'officier allait sortir son revolver et tirer sur eux, comme cela avait été l'intention de notre chef de compagnie. Mais ils étaient déjà loin et l'officier n'avait toujours pas sorti son revolver. Très excité, je me rendis compte alors que l'Armée de Libération nous laissait vraiment rentrer chez nous. Cette guerre m'avait fait comprendre ce qu'était une guerre. Je n'en voulais plus, je voulais rentrer à la maison. Je me levai, me dirigeai vers l'officier, me mis à genoux devant lui et, tout à coup, j'éclatai en pleurs. Je comptais lui dire que je voulais rentrer chez moi, mais ce sont d'autres mots qui me vinrent au bout de la langue.

— Chef de compagnie, chef de compagnie, chef de compagnie… balbutiai-je.

Je n'arrivais pas à sortir autre chose. L'officier me releva, me demanda ce que je voulais dire. Et moi, toujours pleurant, je continuai à l'appeler "chef de compagnie".

— Il est commandant de régiment, me fit remarquer un soldat qui se trouvait près de moi.

"Alors ça, c'est la catastrophe", me dis-je, effrayé. Cependant, les prisonniers qui étaient encore assis éclatèrent de rire.

— Qu'est-ce que tu voulais dire ? me demanda le commandant de régiment, riant lui aussi.

Je me sentis rassuré.

— Je veux rentrer à la maison, lui déclarai-je.

L'Armée de Libération me laissa partir et me donna de quoi payer mes frais de voyage. Je pris la route et marchai rapidement en direction du sud. Lorsque j'avais faim, j'allais acheter une galette avec l'argent que m'avait donné l'Armée de Libération. Et quand j'avais sommeil, je cherchais un endroit plat pour dormir.

Ma famille me manquait vraiment beaucoup. En pensant que j'avais encore une chance, au cours de ma vie, de retrouver ma mère, Jiazhen et mes enfants, je pleurais de joie et me précipitais vers le sud.

J'arrivai au bord du fleuve Yangzi alors que, la rive sud n'étant pas encore libérée, l'Armée de Libération était en train de préparer la traversée. Puisque je ne pouvais pas franchir le fleuve, je m'attardai là quelques mois. Je cherchai du travail pour ne pas mourir de faim. Comme je m'étais amusé à apprendre à ramer du temps que j'étais riche et que je savais que l'Armée de Libération manquait de rameurs, je pensai à m'engager pour l'aider à traverser le fleuve. Puisqu'ils avaient été bons avec moi, je devais leur revaloir leur bienfait. Mais d'un autre côté, j'avais vraiment peur de la guerre et de ne pas pouvoir retrouver ma famille.

"Tant pis, me dis-je, je ne vais pas leur revaloir leur bienfait, mais je n'oublierai pas leur bonté."

A la suite de l'Armée de Libération qui allait porter la guerre dans le sud, je regagnai mon pays natal. Le temps passait vite, cela faisait presque deux ans que j'avais quitté ma famille. J'étais parti à la fin de l'automne et l'automne commençait alors que je rentrai, tout couvert de boue et de poussière.

Rien n'avait changé dans mon village, je le reconnus tout de suite. J'accélérai le pas. J'aperçus bientôt notre ancienne maison de briques et de tuiles, puis notre chaumière actuelle. En la voyant, je me mis à courir.

A l'entrée du village, une petite fille de sept à huit ans coupait de l'herbe, accompagnée d'un petit garçon de trois ans. Je reconnus tout de suite la fille vêtue de haillons. C'était Fengxia, qui tenait Youqin par la main. Celui-ci marchait en clopinant.

— Fengxia ! Youqin ! m'écriai-je.

Fengxia n'eut pas l'air de m'entendre, mais Youqin se retourna et me regarda. Tiré par Fengxia, il continua à marcher, la tête tournée vers moi.

— Fengxia ! Youqin ! appelai-je de nouveau.

Cette fois-ci, Youqin arrêta sa sœur, qui se tourna vers moi. Je courus et m'accroupis devant elle.

— Fengxia, tu me reconnais ? lui demandai-je.

Elle me regarda un bon moment, les yeux écarquillés. Elle remua les lèvres, sans prononcer une parole.

— Je suis ton père, Fengxia.

Elle se mit à rire. Elle remuait les lèvres sans arrêt mais je n'entendais toujours pas sa voix. Sur l'instant, cela ne me parut pas normal, mais je ne réfléchis pas plus loin. Fengxia m'avait reconnu et me souriait. Je vis, dans sa bouche ouverte, que les incisives manquaient. Je lui caressai la figure. Les yeux brillants, elle colla sa joue contre ma main. Quant à Youqin, il ne me reconnaissait évidemment pas. Apeuré, il se serrait contre sa sœur. Il recula lorsque je fis mine de le toucher.

— Mon fils, je suis ton père, lui répétai-je.

Youqin se réfugia carrément derrière sa sœur.

— Allez, vite, on s'en va, dit-il en la poussant.

A ce moment-là, une femme se précipita vers nous, criant sans cesse mon nom. Je reconnus Jiazhen qui courait et chancelait.

— Fugui ! cria-t-elle encore.

Puis, elle s'assit par terre et se mit à pleurer très fort.

— Ne pleure pas, ne pleure pas, lui dis-je.

Mais en le disant, moi aussi je me mis à sangloter.

Je retrouvais enfin ma famille. J'étais rassuré de voir que Jiazhen et les enfants allaient bien. Serrés les uns contre les autres, nous nous dirigeâmes vers notre maison.

— Mère ! Mère ! criai-je.

Je me mis à courir, mais arrivé à la porte, je ne vis personne. Frappé de stupeur, je me tournai vers Jiazhen.

— Où est ma mère ? demandai-je.

Je compris alors où était partie ma mère. Je restai devant la porte, tête baissée, mes larmes coulant à flots.

Ma mère était morte un peu plus de deux mois après mon départ. Avant de mourir, elle répétait sans cesse à Jiazhen :

— Fugui n'est pas parti jouer.

Jiazhen était allée je ne sais combien de fois en ville, demander de mes nouvelles. Pourtant, personne ne lui avait dit que j'avais été enrôlé de force. Ma mère se désolait de ne pas savoir où je me trouvais. Ma fille Fengxia n'avait pas eu de chance, non plus. Il y avait un an de cela, elle avait eu une grosse fièvre, à la suite de laquelle elle avait perdu l'usage de la parole. Jiazhen me raconta tout cela en pleurant. Devinant que nous parlions d'elle, Fengxia, qui était assise en face de nous, me souriait. Mais moi j'avais l'impression que mon cœur était transpercé par des aiguilles. Youqin savait maintenant que j'étais son père, mais il avait toujours un peu peur de moi. Lorsque je voulais l'embrasser, il fuyait aussitôt pour aller se réfugier auprès de sa mère ou de sa sœur.

Quoi qu'il en soit, j'étais enfin chez moi. La première nuit, je fus incapable de dormir. Jiazhen, mes enfants et moi, nous restâmes côte à côte, à écouter le vent caresser le chaume au-dessus de la maison et à regarder le clair de lune pénétrer par la fente de la porte. Je me sentais heureux et rassuré. Je ne cessais d'embrasser Jiazhen et mes enfants. "Je suis chez moi", me disais-je.

Lorsque j'étais rentré à la maison, le village avait commencé à appliquer la réforme agraire du parti communiste. On m'avait distribué cinq *mu* de terres, cinq *mu* qui appartenaient à Long'er. Pour celui-ci, cette réforme avait été un grand malheur. Après avoir mené une vie aisée de propriétaire foncier pendant presque quatre ans, il avait tout perdu avec la Libération. Le gouvernement populaire avait confisqué ses terres et les avait distribuées à ses anciens fermiers. Mais il refusait de l'accepter. Il allait les intimider et si l'un d'eux ne lui témoignait pas le respect qui lui était dû, il le battait. Long'er s'attira beaucoup d'ennuis de cette façon. Le gouvernement populaire le fit arrêter, l'accusant d'être un propriétaire despotique. Enfermé dans la prison de la ville, il n'avait toujours pas compris la situation et refusait d'admettre la réalité. On finit par le fusiller.

J'allai assister à son exécution. C'est seulement à ce moment-là que Long'er avait pris conscience de son destin. On raconta qu'il avait pleuré à chaudes larmes en sortant de la ville et que, la salive lui coulant de la bouche, il avait dit à quelqu'un :

— Je n'aurais jamais pensé, même en rêve, que je pourrais être fusillé un jour.

Long'er n'était pas très intelligent et s'était imaginé qu'il sortirait de prison au bout de quelques jours. Mais il fut bel et bien exécuté, un après-midi, dans un village voisin. La fosse avait été creusée à l'avance. Les habitants de plusieurs villages vinrent assister à l'exécution. Long'er arriva ligoté et sous escorte. Il avait fallu le tirer tout le long de la route. Il était hors d'haleine, la bouche entrouverte. Il me jeta un coup d'œil en passant. Je pensais qu'il ne m'avait pas reconnu, mais après avoir fait quelques pas, il se retourna brusquement vers moi.

— Je vais mourir à ta place, Fugui ! me cria-t-il.

Affolé par ses cris, je me dis qu'il valait peut-être mieux pour moi que je m'en aille, que je n'assiste pas à son exécution. Je jouai des pieds et des mains pour me libérer de la foule. Après avoir fait une dizaine de pas tout seul, j'entendis un coup de feu. Cette fois-ci, me dis-je, Long'er est définitivement perdu. Mais un deuxième coup de feu éclata, suivi de trois autres. Il y avait eu cinq coups de feu en tout. Y avait-il donc d'autres condamnés à être fusillés ?

— Combien doit-on en fusiller ? demandai-je à quelqu'un sur le chemin du retour.

— Long'er, c'est tout, me répondit-il.

Long'er n'avait vraiment pas de chance. Il avait reçu cinq balles… Même avec cinq vies en lui, il était bel et bien fini.

En chemin, je fus saisi d'une peur indicible. Plus je pensais à la mort de Long'er, plus je trouvais que, moi, j'avais eu de la chance. Si mon père et moi n'avions pas été si dépensiers, j'aurais sans doute été fusillé à la place de Long'er. Je me touchai le visage, les bras, tout était intact. J'avais vraiment eu beaucoup de chance. J'aurais pu perdre la vie pendant la guerre, et à mon retour, Long'er m'avait servi de bouc émissaire. Les tombes de mes ancêtres étaient vraiment orientées de la bonne façon. "Désormais, je dois vivre correctement", me dis-je.

Lorsque j'arrivai à la maison, Jiazhen était en train de piquer des semelles de chaussures. Elle me regarda, terrifiée, pensant que j'étais malade. Je lui fis part de mes réflexions et elle m'écouta, effrayée, le visage tantôt tout gris, tantôt tout blanc.

— On a eu vraiment beaucoup de chance, me dit-elle à voix basse.

Cependant, je compris que j'avais tort de me tourmenter, que c'était tout simplement le destin. Comme le dit un proverbe, si l'on survit à un grand désastre, la chance vous sourira ensuite. Tout devait donc aller de mieux en mieux pour moi au cours de ma vie. Je livrai ces réflexions à Jiazhen qui me répondit, tout en coupant sa ficelle avec les dents :

— Je ne compte pas sur la chance. Je me contenterais de pouvoir te faire une paire de chaussures chaque année.

Je compris que, par là, ma femme exprimait l'espoir que nous ne nous séparerions plus jamais. La tristesse m'envahissait quand je regardais son visage vieilli. Jiazhen avait raison. Peu importait la chance, dans la mesure où la famille ne se quitterait plus d'un seul jour.

*

Fugui s'interrompit. Nous nous trouvions maintenant assis au soleil. En se déplaçant, la lumière avait fait tourner l'ombre des arbres sans que je m'en aperçoive. Fugui s'étira avant de se lever, et tapa sur ses genoux.

— *Il y a de plus en plus de force en moi, remarqua-t-il, sauf à un certain endroit. Celui-là, il devient de plus en plus faible.*

J'éclatai de rire et jetai un coup d'œil sur son pantalon : l'entrejambe était descendu et de l'herbe s'y était collée. Il se mit à rire, lui aussi, ravi de voir que je l'avais compris.

Puis il se retourna et appela son buffle :

— Fugui !

Sorti de l'eau, le buffle était en train de brouter l'herbe au bord de l'étang. Il se trouvait sous des saules pleureurs dont les branches, en arrivant sur son dos, s'écartaient dans tous les sens. Elles retombaient en se balançant de chaque côté de l'animal, et les feuilles oscillaient avant de se détacher.

— Fugui ! appela de nouveau le vieux.

Comme une grosse pierre, le buffle entrait lentement son arrière-train dans l'eau. Il passa la tête entre les branches des arbres et tourna vers nous deux yeux tout ronds.

— Jiazhen et les autres se sont remis au travail, lui dit le vieux. Tu t'es suffisamment reposé. Je sais bien que tu as encore faim, mais à qui la faute si tu es resté si longtemps dans l'eau ?

Fugui conduisit son buffle dans la rizière.

— Il est vieux, ce buffle, lui dis-je pendant qu'il l'attelait à sa charrue. Il est comme les hommes, il a besoin de se reposer un peu, sinon il n'aura pas la force de se nourrir, même s'il a très faim.

Je me rassis à l'ombre, contre un arbre, le dos appuyé sur mon sac, et m'éventai avec mon chapeau de paille. Le buffle avait le ventre flasque et pendant. Lorsqu'il labourait, son ventre se balançait comme un gros sac plein d'eau. Je remarquai que le pantalon de

Fugui remuait aussi à l'entrejambe, de la même
manière que le ventre du buffle.

Ce jour-là, je restai à l'ombre des arbres jusqu'au
coucher du soleil. Si je n'étais pas parti, c'est que
Fugui n'avait pas terminé son récit.

*

Depuis mon retour à la maison, si la vie était dure,
elle était cependant assez tranquille. Fengxia et Youqin grandissaient tandis que moi, je vieillissais tous
les jours. Je n'y faisais pas attention, et Jiazhen non
plus. Je sentais seulement que mes forces diminuaient.
Un jour que je me rendais en ville pour vendre les
légumes que je portais à la palanche, en passant devant
l'ancienne boutique de soie je rencontrai une de mes
connaissances.

— Tes cheveux sont tout blancs, Fugui, me dit-il.

Il y avait seulement six mois que nous ne nous
étions pas vus. C'est alors que je me rendis compte
que j'avais beaucoup vieilli. Rentré à la maison, je
regardai si longuement Jiazhen qu'elle se demanda
s'il m'était arrivé quelque chose. Elle baissa la tête et
me tourna le dos.

— Qu'est-ce que tu regardes ? me demanda-t-elle.

— Toi aussi, tu as des cheveux blancs, lui répondis-je en riant.

Fengxia était maintenant une grande fille de dix-
sept ans. Si elle n'avait pas été sourde et muette, nous
aurions reçu la visite d'entremetteuses. Les gens du

village disaient qu'elle était jolie, qu'elle ressemblait à Jiazhen dans sa jeunesse. Youqin avait douze ans, il fréquentait l'école primaire de la ville.

Comme nous n'avions pas d'argent, nous avions beaucoup hésité à envoyer Youqin dans cette école. A cette époque, Fengxia n'avait que douze ou treize ans et elle était encore à notre charge, malgré l'aide qu'elle nous apportait dans les travaux des champs et du ménage. Nous nous étions demandé alors s'il ne valait pas mieux placer Fengxia dans une autre famille, afin d'économiser l'argent nécessaire aux études de Youqin. Quoique sourde et muette, Fengxia n'en était pas moins très intelligente. Quand nous avions parlé, Jiazhen et moi, de l'envoyer chez les autres, elle avait tourné la tête et nous avait regardés. Ses yeux écarquillés nous avaient rendus si tristes que nous n'avions plus abordé la question pendant plusieurs jours.

Comme Youqin approchait de l'âge scolaire, il nous parut nécessaire de trouver à placer Fengxia. Je demandai donc aux gens du village s'ils connaissaient une famille désireuse d'adopter une fillette de douze ans.

— Ce serait bien que Fengxia tombe sur une bonne famille, dis-je à Jiazhen.

Jiazhen hocha la tête, mais elle avait les yeux pleins de larmes. Les mères ont toujours le cœur plus sensible. J'essayai de lui expliquer les choses afin qu'elle se fasse une raison. Fengxia allait devoir, à mon avis, subir son mauvais destin jusqu'au bout. Mais pour que Youqin ne soit pas obligé de peiner toute sa vie lui aussi, il fallait l'envoyer à l'école. Seules des études pouvaient lui assurer un avenir. De toute façon, nous ne pouvions pas laisser la misère barrer la route à nos deux enfants. Il fallait qu'un des deux au moins puisse connaître une vie meilleure.

Après s'être renseignés, les gens du village nous dirent que de nombreuses familles auraient été intéressées si Fengxia avait eu six ans de moins. Nous n'espérions plus rien quand, une semaine plus tard, nous reçûmes deux messages. Le premier, d'une famille qui souhaitait adopter Fengxia ; le deuxième d'une autre famille qui désirait qu'elle s'occupe d'un couple de personnes âgées. Jiazhen et moi, nous préférions la première qui n'avait pas d'enfants. Si Fengxia prenait la place de leur propre fille, ils l'aimeraient certainement davantage. Nous leur fîmes donc parvenir un message leur demandant de venir nous voir. Fengxia leur plut beaucoup au premier abord. Cependant, ils changèrent d'avis lorsqu'ils apprirent qu'elle ne pouvait pas parler.

— Elle est assez jolie... dit le mari. Seulement...

Il s'en alla courtoisement, sans terminer sa phrase. Il ne nous restait plus qu'à convoquer la deuxième famille. Celle-ci n'attacha que peu d'importance au fait que Fengxia était sourde-muette. Il leur suffisait qu'elle soit travailleuse.

Le jour où Fengxia devait partir, je mis ma houe sur l'épaule et m'en allai travailler aux champs. Fengxia me suivit aussitôt, panier et faucille à la main. Depuis quelques années, Fengxia venait toujours aux champs couper l'herbe à côté de moi. C'était devenu une habitude. Mais ce jour-là je la repoussai. Elle me regarda, les yeux écarquillés. Je posai ma houe, tirai

Fengxia à l'intérieur de la maison, lui pris des mains sa faucille et son panier et les jetai dans un coin. Elle me regardait toujours, les yeux ronds, ignorant qu'elle devait aller dans une autre famille. Lorsque Jiazhen se mit en devoir de lui faire endosser une veste couleur cerise, elle ne me regarda plus. Tête baissée, elle laissa sa mère l'habiller. Jiazhen avait coupé cette veste dans une vieille robe chinoise. Pendant qu'elle la boutonnait, elle laissait couler des larmes qui tombaient sur ses genoux. C'est ainsi que Fengxia apprit qu'elle devait quitter la maison.

Je repris ma houe et sortis.

— Je vais travailler, dis-je à Jiazhen sur le pas de la porte. Quand les gens de la famille seront là, explique à Fengxia qu'elle doit partir avec eux et ne la laisse surtout pas venir de mon côté.

Au champ, je me mis à remuer ma houe, sans arriver à me concentrer sur mon travail. J'avais mauvaise conscience. Fengxia n'était pas près de moi, en train de couper de l'herbe. J'avais le cœur vide. J'étais si affligé à l'idée que désormais elle ne serait plus là, à côté de moi, que toutes mes forces m'avaient quitté. Brusquement, j'aperçus Fengxia, à la lisière du champ, avec un homme d'une cinquantaine d'années qui la tenait par la main. Toute tremblante, Fengxia pleurait, silencieuse, et les larmes ruisselaient sur son visage. De temps en temps, elle les essuyait. Pour mieux me voir. L'homme me sourit.

— Ne vous en faites pas, dit-il, je prendrai soin d'elle.

Là-dessus il l'entraîna, la tenant toujours par la main. Elle le suivit, la tête penchée vers moi, sans me quitter des yeux. Puis elle s'éloigna et je perdis de vue son regard. Ensuite, je ne vis même plus la main qu'elle levait pour s'essuyer les yeux. Incapable de me maîtriser plus longtemps, je baissai la tête et laissai couler mes larmes.

— Je t'avais pourtant bien dit de ne pas les laisser passer par ici ! Mais tu as tout fait pour qu'ils me voient ! reprochai-je ensuite à Jiazhen.

— Ce n'est pas moi, m'expliqua Jiazhen, c'est Fengxia qui a tenu à venir.

Youqin fut très fâché du départ de Fengxia. En la voyant quitter la maison, il avait ouvert de grands yeux, ne comprenant pas ce qui se passait. Il n'avait consenti à rentrer que lorsque Fengxia s'était trouvée hors de vue. Il allait et venait, se grattait la tête. Par instants, il me regardait mais sans me poser de questions. Comme je l'avais battu quand il était encore dans le ventre de sa mère, il avait peur de m'aborder.

Au déjeuner, la place de Fengxia à table resta vide. Après deux bouchées, Youqin s'arrêta de manger. Son regard allait et venait de Jiazhen à moi.

— Il faut manger, lui dit sa mère.

Il secoua la tête.

— Où est ma sœur ? demanda-t-il.

Jiazhen baissa la tête.

— Mange, répéta-t-elle.

Il posa carrément ses baguettes.

— Quand est-ce que ma sœur reviendra ? s'écriat-il.

Déjà troublé par le départ de Fengxia, devant le comportement de Youqin, je tapai sur la table.

— Fengxia ne reviendra plus ! criai-je.

Apeuré, Youqin se mit à trembler. Mais constatant que je n'étais plus en colère, tête basse il insista :

— Je veux ma grande sœur !

Jiazhen lui expliqua que sa sœur avait été envoyée dans une autre famille pour nous permettre d'économiser l'argent de ses études. Alors, Youqin éclata en sanglots.

— Je n'irai pas à l'école ! Je veux ma grande sœur ! criait-il en pleurant.

Je n'y prêtai pas attention. S'il veut pleurer, qu'il pleure, me disais-je. Mais il se remit à crier.

— Je n'irai pas à l'école !

— Arrête de pleurer ! lui ordonnai-je, irrité par ses cris.

Youqin recula, effrayé. Voyant que je recommençais à manger, il quitta la table, se blottit dans un coin de la pièce, et se remit brusquement à crier :

— Je veux ma grande sœur !

Cette fois, je devais absolument le battre. Je pris un balai derrière la porte et me dirigeai vers lui.

— Tourne-toi ! lui dis-je.

Il regarda sa mère et, sans plus résister, se retourna, les mains appuyées contre le mur.

— Enlève ton pantalon ! lui ordonnai-je.

Il tourna la tête et regarda Jiazhen. Après avoir enlevé son pantalon, il jeta de nouveau un coup d'œil à Jiazhen. Voyant que sa mère ne prenait pas sa défense, il fut pris de panique. Me voyant brandir le balai, il m'implora :

— Ne me bats pas, père, s'il te plaît…

102

J'en fus attendri. On ne pouvait pas blâmer Youqin. Il avait grandi auprès de Fengxia, il était très proche d'elle, et maintenant elle lui manquait. Je lui donnai une petite tape sur la tête.

— Va manger maintenant.

La rentrée scolaire eut lieu deux mois plus tard. Fengxia était partie avec un bon vêtement, mais au moment d'aller à l'école, Youqin était vêtu de haillons. En tant que mère, Jiazhen en souffrait. Accroupie devant lui, elle essaya de lui arranger ses habits en les tapotant et en tirant d'un côté et de l'autre.

— Il n'a même pas un vêtement convenable, me dit-elle.

Youqin, pour sa part, faisait toujours la tête.

— Je n'irai pas à l'école, déclara-t-il.

Deux mois ayant passé, je pensais qu'il avait déjà oublié le départ de sa sœur. Mais en ce jour de rentrée scolaire, il recommençait la même histoire. Cette fois, je ne m'énervai pas. Je lui expliquai gentiment qu'il devait devenir un bon élève pour être digne de sa sœur, puisque celle-ci était partie afin qu'on puisse payer ses études. Youqin leva la tête, obstiné.

— Non, répéta-t-il, pas question, je n'irai pas.

— Je vois ! Tu veux recevoir une fessée ! répliquai-je.

Il me tourna carrément le dos et rentra en trépignant dans la maison.

— Je n'irai pas à l'école, même si tu me bats jusqu'à la mort ! s'écria-t-il.

Je pensai qu'il faisait exprès de me provoquer. J'avais déjà repris le balai pour lui infliger une correction quand Jiazhen me barra le chemin.

— Ne le frappe pas trop fort, me dit-elle à voix basse. Il suffit de l'intimider.

J'entrai dans la maison. Youqin était allongé sur son lit, pantalon baissé, fesses nues. Je compris qu'il attendait mes coups. Devant sa détermination, il me fut difficile de le battre. Je préférai faire usage de la parole :

— Je te donnerai une chance si tu acceptes d'aller à l'école.

— Je veux ma grande sœur ! répondit-il en criant.

Je le frappai sur les fesses.

— Ça ne me fait pas mal ! déclara-t-il, les mains sur la tête.

Je continuai à le frapper.

— Ça ne me fait pas mal ! répéta-t-il.

Ce gamin cherchait à m'irriter. Pris de colère, je me mis à taper plus fort. Il ne le supporta pas et se mit à pleurer bruyamment. Je n'en tins pas compte et continuai à frapper. Il résista encore un moment, mais trop petit pour tenir le coup, il finit par céder.

— Arrête, père, supplia-t-il. J'irai à l'école.

Youqin était un bon fils. Il alla à l'école ce jour-là. A midi, de retour à la maison, chaque fois qu'il me voyait il se mettait à trembler. Pensant que c'était à cause de la correction que je lui avais infligée, je lui demandai gentiment si l'école lui plaisait. Il fit un léger signe affirmatif, tête baissée. Pendant le déjeuner, il ne cessa de me regarder craintivement. J'en fus affligé et regrettai de l'avoir battu si fort.

— Père, me dit-il à la fin du repas. Mon professeur m'a demandé de vous dire quelque chose. Il m'a critiqué parce que je bougeais beaucoup sur mon banc et que j'étais distrait.

La colère me prit. J'avais envoyé Fengxia chez les autres, et voilà qu'il ne travaillait pas sérieusement ! Je posai brusquement mon bol sur la table. Youqin se mit à pleurer.

— Père, ne me bats pas, me dit-il d'une voix larmoyante. C'est à cause de mes fesses que je ne pouvais pas rester assis.

Je baissai aussitôt son pantalon. Ses fesses étaient couvertes de bleus. C'était les traces que j'y avais laissées ce matin. Comment pouvait-il, en effet, rester assis avec ça ? Je fus ému aux larmes de voir mon fils dans cet état.

Fengxia revint à la maison quelques mois après son départ. Il était aux environs de minuit, et nous dormions. On frappa à la porte. Un petit coup d'abord, puis deux coups successifs. Qui pouvait bien venir à cette heure-là ? Je me levai et ouvris la porte. C'était Fengxia. Je fus si surpris que j'oubliai qu'elle ne pouvait pas m'entendre.

— Entre, Fengxia, entre, dis-je précipitamment.

Jiazhen sortit rapidement du lit et courut à la porte, pieds nus. En voyant entrer Fengxia, elle la prit dans ses bras en pleurant à chaudes larmes. Je lui fis signe de se calmer.

Fengxia avait les cheveux et les vêtements mouillés de rosée. Nous la laissâmes s'asseoir sur le lit. Elle nous tenait les mains et tressautait, étouffée par les sanglots. Jiazhen voulut aller chercher une serviette pour lui essuyer les cheveux, mais Fengxia ne la lâchait pas. Il ne restait plus à sa mère qu'à les sécher de ses propres mains. Il se passa un bon moment avant que Fengxia ne nous lâche et cesse de pleurer. Je regardai ses mains pour voir si, dans cette famille, on l'avait forcée à travailler comme une bête. Mais comme elles étaient déjà calleuses avant son départ, il était difficile de s'en faire une idée. Son visage ne montrait aucune cicatrice. Dès lors, je me sentis relativement rassuré.

Lorsque Fengxia eut les cheveux secs, Jiazhen la déshabilla et la coucha dans le lit de Youqin. Allongée, Fengxia passa un bon moment à regarder dormir son petit frère, un vague sourire aux lèvres. Puis, elle ferma les yeux. Youqin se retourna et posa la main sur la bouche de sa sœur, comme s'il voulait lui donner une gifle. Fengxia dormait, sage et tranquille, un vrai petit chat.

En se réveillant le lendemain matin, Youqin fut stupéfait de voir sa sœur. Il se frotta les yeux, regarda de nouveau : elle était toujours là. Sans s'habiller, il sauta du lit.

— Grande sœur, grande sœur ! cria-t-il.

Il se mit à rire sans arrêt. Mais lorsque Jiazhen lui ordonna de manger plus vite pour ne pas être en retard à l'école, il cessa de rire et me jeta des regards furtifs.

— Est-ce que je peux rester à la maison aujourd'hui ? demanda-t-il à Jiazhen en chuchotant.

— Non, pas question, répondis-je.

Il saisit son cartable sans dire un mot. Avant de franchir la porte, il se mit à trépigner, mais craignant de m'irriter, il partit à toutes jambes. Après son départ, je demandai à Jiazhen d'aller chercher un vêtement propre pour que Fengxia se remette en route. Mais en me retournant, je vis que Fengxia m'attendait devant la porte, un panier et une faucille à la main. Elle me regardait d'un air implorant. Me sentant incapable de la renvoyer, je me tournai vers Jiazhen qui me lança, elle aussi, un regard implorant.

— Bon, on va la garder quelques jours, décidai-je.

Un soir, après le dîner, je raccompagnai Fengxia dans sa nouvelle famille. Elle n'avait pas pleuré tout de suite, mais elle avait lancé des regards pitoyables à sa mère et à son frère. Elle me suivit en me tirant par la manche. Derrière nous, Youqin pleurait et se lamentait. Mais comme Fengxia n'entendait rien, je n'y prêtai pas attention.

La route fut vraiment pénible pour moi. Je marchais en m'efforçant de ne pas regarder Fengxia. La nuit tombait. Le vent me soufflait au visage et me pénétrait dans le cou. Fengxia tenait ma manche à deux mains, sans faire aucun bruit. Dans la pénombre, elle butait sur les cailloux, perdant l'équilibre de temps à autre. Quand je m'accroupis pour lui frotter les pieds, elle posa ses mains froides sur mon cou, sans bouger. Puis, je la pris sur mon dos. En ville, arrivés près d'où habitait sa nouvelle famille, je déposai Fengxia sous un lampadaire. Je la regardai. Très sage, elle ne pleurait toujours pas, elle ouvrait seulement tout grand les yeux. Je lui caressai la joue et elle caressa la mienne. Mais quand elle posa la main sur mon visage, je n'eus plus le cœur de la renvoyer. Je la remis sur mon dos et fis demi-tour. Elle me passa les bras autour du cou. Et lorsqu'elle comprit que je la ramenais chez nous, elle me serra très fort.

Jiazhen fut très surprise de nous voir.

— Il faut garder Fengxia, lui dis-je, même si toute la famille doit mourir de faim.

Jiazhen eut un sourire, qui se transforma bientôt en larmes.

Deux ans passèrent. Youqin avait dix ans et poursuivait ses études. La vie était moins difficile à cette époque. Fengxia travaillait aux champs comme nous et n'était plus à notre charge. Nous possédions deux moutons dont Youqin s'occupait entièrement. Jiazhen le réveillait tous les jours à l'aube. Il se frottait les yeux, prenait le panier où se trouvait sa faucille, et quittait la maison en titubant pour aller couper de l'herbe. C'était pénible, les garçons de son âge ont toujours du mal à se réveiller, mais il n'avait pas le choix. S'il ne l'avait pas fait, ses deux moutons seraient morts de faim. Lorsqu'il revenait avec son panier rempli d'herbe, il ne lui restait que peu de temps avant l'école. Il se dépêchait de manger et partait en courant. A midi, il devait rentrer, couper encore de l'herbe et donner à manger aux moutons avant le déjeuner. Il devait toujours aller à l'école en courant. Il n'avait que dix ans, mais il faisait ainsi une cinquantaine de lis par jour.

Et puisque Youqin courait beaucoup, ses chaussures s'usaient très vite. Etant issue d'une famille riche de la ville, Jiazhen estimait que son fils ne devait pas aller à l'école pieds nus. Elle lui fit une paire de chaussures de toile. Quant à moi, peu m'importait qu'il portât ou non des chaussures, l'essentiel était de le voir réussir ses études. Deux mois plus tard, je trouvai Jiazhen en train de piquer une semelle de chaussure. Pour qui ? lui demandai-je. Elle me répondit que c'était pour Youqin.

Déjà épuisée par les travaux des champs, Jiazhen risquait de mourir de fatigue à cause de son fils. Je pris les chaussures que Youqin portait depuis deux mois : elles étaient complètement usées. Leurs semelles étaient trouées, et l'une des deux n'avait même plus d'empeigne. Lorsque Youqin rentra avec son panier plein d'herbe, je lui lançai ses chaussures à la tête et lui tirai l'oreille.

— Tes chaussures, tu les portes ou tu les ronges ?

Effrayé, il posa la main sur son oreille et remua les lèvres. Mais il retint ses larmes. Je l'avertis :

— Je te couperai les pieds si tu continues à abîmer tes chaussures de cette façon.

En réalité, j'avais tort. Les moutons dépendaient entièrement de lui pour leur nourriture. C'était un travail assez lourd, qui lui prenait beaucoup de temps et l'obligeait à se rendre à l'école en courant. Chaque année, il vendait la laine des moutons et rapportait l'argent à la maison, sans compter que les crottes de ces moutons fertilisaient la terre. Pour tout ça, Youqin aurait mérité je ne sais combien de paires de chaussures. En tout cas, à la suite de mes menaces, Youqin fit le chemin pieds nus et ne mit plus ses chaussures qu'une fois arrivé à l'école. Un jour qu'il neigeait, je l'aperçus qui courait, pieds nus dans la neige. Affligé, je l'interpellai. Il s'arrêta.

— Qu'est-ce que tu as dans les mains ? demandai-je.

Il regarda ses chaussures, probablement trop embarrassé pour savoir quoi dire.

— Ce sont des chaussures, ce ne sont pas des gants, lui dis-je. Chausse-toi.

Il se chaussa, puis, tête basse, attendit mes critiques. Je lui fis un signe de la main.

— C'est bon, va vite à l'école.

Il se retourna et se mit à courir. Un peu plus loin, je le vis qui se déchaussait. C'était un garçon intraitable.

En 1958, commença l'époque de la commune populaire. Nos cinq *mu* de terres étaient désormais propriété de la commune. Il ne nous restait qu'une parcelle de terre devant la maison. Le chef du village avait troqué son nom pour celui de "chef de l'équipe de production". Chaque matin, il se rendait sous un orme et sifflait. Comme des soldats, outils sur l'épaule, tous les habitants du village venaient aussitôt se rassembler devant lui. Quand le chef avait réparti entre eux les travaux de la journée, ils se dispersaient par petits groupes. Ils allaient tous aux champs en rangs, ce qui leur plaisait beaucoup. Ils riaient aux éclats en se regardant les uns les autres. Jiazhen, Fengxia et moi, nous nous alignions assez correctement. Mais certaines familles, composées seulement de vieux et de tout-petits, formaient des rangs vraiment inacceptables. Une fois, voyant une vieille femme se dandiner dans le rang des membres de sa famille, le chef l'interpella.

— Vous ne savez même pas marcher comme il faut ! Ce n'est pas très joli à voir… déclara-t-il.

Lorsque nos terres avaient été collectivisées, Jia-zhen en avait éprouvé de la peine. C'était elles qui nous avaient nourris pendant dix ans. Nous ne nous rendions pas compte qu'en réalité, ces terres apparte-naient à tout le monde.

— Si on les redistribuait, je demanderais à ce qu'on me redonne les mêmes, disait-elle souvent.

Un peu plus tard, à notre grande surprise, notre poêle fut réquisitionnée par la commune. Il fallait pro-duire de l'acier, nous dit-on. Le chef, accompagné de quelques personnes, alla fracasser les poêles chez tout le monde, ce jour-là. Lorsqu'ils arrivèrent chez nous, ils me demandèrent en riant :

— Fugui, tu vas nous la donner toi-même ou faut-il que nous allions la chercher ?

"Puisqu'ils vont de toute façon démolir toutes les poêles, je ne vois pas pourquoi la nôtre ferait excep-tion", me dis-je.

— Je vais vous l'apporter moi-même, répondis-je.

J'allai la chercher et la posai par terre. Quelques coups de houe donnés par deux jeunes gens du village suffirent à réduire en miettes cette bonne poêle. Ce spectacle causa tellement de peine à Jiazhen qu'elle en eut les larmes aux yeux.

— Maintenant que nous n'avons plus de poêle, qu'est-ce que nous allons manger ? demanda-t-elle au chef.

— Vous allez manger à la cantine, répondit-il. On a inauguré une cantine au village. Vous n'aurez plus à faire la cuisine à la maison. Cela vous permettra de réserver vos forces pour atteindre plus vite le stade du

111

communisme. Quand vous aurez faim, il vous suffira de franchir le seuil de la cantine. Vous y trouverez tout ce que vous désirez.

Après l'inauguration de la cantine, on réquisitionna toutes nos provisions, ainsi que nos deux moutons, ce qui nous fit beaucoup de peine. Grâce à Youqin, ils étaient devenus très robustes. Cet après-midi-là, en nous rendant à la cantine, chargés de riz et de sel, Youqin, tête basse, conduisit à contrecœur ses deux moutons sur l'aire de battage du village. Il ne voulait absolument pas les donner à la collectivité. Ces moutons, il les avait élevés tout seul. Il n'avait fait ces va-et-vient incessants entre l'école et la maison que pour s'occuper d'eux. Il les amena donc là où se trouvaient déjà les bêtes des autres familles. Désormais, c'était un éleveur, du nom de Wangxi, qui allait s'en occuper. Après lui avoir confié leurs bêtes, dont ils avaient aussi beaucoup de mal à se séparer, les gens s'en allaient aussitôt. Seul Youqin restait là, immobile, les dents serrées.

— Est-ce que je pourrai venir les voir tous les jours ? finit-il par demander à Wangxi d'un air implorant.

L'ouverture de la cantine fut spectaculaire. Une longue queue se forma à l'heure du repas. Chaque famille avait envoyé deux personnes chercher de la nourriture. Cela me rappela les troupes communistes distribuant des petits pains à la vapeur à leurs prisonniers. Mais ici il n'y avait que des femmes qui bavardaient, comme une volée de moineaux gazouillant au-dessus de l'aire de battage couverte de grains de riz. Le chef avait raison : la cantine, c'était vraiment pratique, il suffisait de faire la queue pour pouvoir se rassasier. La quantité n'était pas limitée, chacun mangeait autant qu'il en avait envie. De plus, il y avait toujours de la viande. Les premiers jours, tout en prenant son repas, le chef fit le tour du village.

— C'est pratique, non ? Alors, ce n'est pas bien la commune populaire ? demandait-il à chacun avec un grand sourire.

Très contents, ils lui répondaient tous que c'était épatant.

— Comme ça, on peut mener une vie encore plus insouciante que celle des vagabonds, ajoutait-il.

Jiazhen aussi était très contente. Elle allait à la cantine avec Fengxia. Chaque fois qu'elle rentrait à la maison, chargée de nourriture, elle s'exclamait :

— Et il y a encore de la viande !

Après avoir posé la nourriture sur la table, elle sortait chercher son fils, mais elle devait l'appeler un bon moment. Il courait à la lisière des champs, un panier plein d'herbe à la main, pour aller nourrir ses moutons. Comme la vingtaine de moutons et les trois buffles qui avaient été pris en charge par la collectivité ne mangeaient plus à leur faim tous les jours, lorsque Youqin entrait dans l'étable, toutes les bêtes se ruaient sur lui.

— Ohé, ohé, criait-il, où êtes-vous ?

Quand il voyait arriver ses deux moutons, Youqin renversait son panier d'herbe par terre et les laissait manger en s'efforçant de repousser très loin les autres moutons. Dès que ses moutons avaient fini de manger, il repartait en courant et arrivait tout en sueur et essoufflé à la maison. Obligé de repartir presque tout de suite pour l'école, il avalait son riz comme s'il buvait de l'eau, prenait son cartable et se mettait à courir.

Youqin continuait donc à courir pour s'occuper de ses moutons. Je ne pouvais pas montrer ma colère ni le lui interdire, car si les gens du village l'avaient appris, ils m'auraient considéré comme quelqu'un d'égoïste. Mais un jour, je fus incapable de me retenir.

— Quand les autres vont aux toilettes, lui demandai-je, est-ce que tu leur apportes du papier ?

Youqin ne comprit pas d'abord ce que je voulais dire. Mais un instant après, il éclatait de rire. Pris d'une grande colère, je faillis lui donner une gifle.

— Tes moutons ont été réquisitionnés par la commune. Ça ne te regarde plus, déclarai-je.

Youqin apportait de l'herbe à ses moutons trois fois par jour et, de plus, il retournait les voir à la tombée de la nuit. Wangxi, qui s'occupait des bêtes, fut touché par l'amour que Youqin portait à ses moutons.

— Si tu veux, Youqin, tu peux les emmener chez toi ce soir, lui proposa-t-il. Mais n'oublie surtout pas de me les rapporter demain matin.

Youqin secoua la tête car il savait que je ne le lui aurais jamais permis.

— Non, mon père serait fâché. Je vais leur faire un petit câlin comme ça, répondit-il.

Au fur et à mesure que le temps passait, il restait de moins en moins de moutons dans l'étable. On en tuait un tous les trois jours. Seul Youqin continuait à leur apporter de l'herbe. Wangxi me disait souvent :

— Il n'y a que Youqin pour se soucier d'eux. Les autres n'y pensent que quand l'envie les prend de manger de la viande.

Le lendemain de l'ouverture de la cantine, le chef envoya deux jeunes gens du village acheter une chaudière en ville pour qu'on puisse fabriquer de l'acier. Tous les morceaux de poêles et d'objets en fer avaient été entassés sur l'aire de battage.

— Nous ne pouvons pas les laisser dormir là, dit le chef. Il faut les fondre rapidement.

Les deux jeunes gens partirent, une corde en paille et une palanche à la main. A la demande du chef, un géomancien arriva en même temps de la ville. Ils parcoururent ensemble tout le village. On raconta qu'ils cherchaient un endroit jugé favorable par la géomancie à la fabrication de l'acier. Vêtu d'une longue robe, le géomancien se promenait partout avec un grand sourire. Dans chaque maison devant laquelle il passait, les membres de la famille étaient saisis de panique. Si le géomancien au dos voûté s'avisait de faire un signe de tête affirmatif, c'en serait fini de leur maison.

Quand le chef et le géomancien arrivèrent chez nous, j'étais sur le pas de la porte, fort inquiet.

— Fugui, dit le chef, je te présente monsieur Wang. Il vient jeter un coup d'œil par ici.

— Bien, très bien, répondis-je.

Les mains croisées dans le dos, le géomancien regarda autour de lui.

— Un bon endroit ! Un endroit propice ! s'exclama-t-il.

Effrayé, je crus que le malheur était tombé sur nous. Par chance, Jiazhen connaissait monsieur Wang, et elle arriva à ce moment-là.

— Oh, c'est toi, Jiazhen ! s'exclama monsieur Wang.

— Entrez prendre un thé, je vous en prie, lui proposa-t-elle en souriant.

— Une autre fois, une autre fois, répondit-il en agitant la main.

— Mon père m'a dit que vous aviez beaucoup de travail ces jours-ci, poursuivit Jiazhen.

— Oui, je suis très pris, répondit-il. Je suis très demandé ces derniers temps.

Là-dessus, monsieur Wang me regarda.

— C'est lui ? demanda-t-il à Jiazhen.

— Oui, c'est Fugui, répondit Jiazhen.

Monsieur Wang éclata de rire, les yeux presque fermés.

— Je sais, je sais, dit-il en hochant la tête.

Je compris à son rire qu'il était au courant de mes histoires de jeux. Moi aussi, je me mis à rire.

— A une autre fois, dit monsieur Wang en nous saluant, les mains jointes. Allons voir ailleurs, ajouta-t-il à l'adresse du chef.

Après leur départ, je repris mon calme. Notre maison était sauvée. Le malheur tomba sur la famille de Lao Sun. C'est sa maison que le géomancien choisit et le chef lui demanda alors de libérer les lieux. Lao Sun éclata en sanglots. Accroupi dans un coin, il refusait d'obéir au chef.

— Il ne faut pas pleurer, dit le chef. La commune vous en construira une nouvelle.

Mais Lao Sun pleurait toujours, la tête dans les mains, sans prononcer une parole. Le chef attendit jusqu'au crépuscule. Sans autre moyen de le convaincre, il fit venir quelques jeunes gens du village, leur ordonna de sortir Lao Sun par la force et de mettre toutes ses affaires dehors. Tiré hors de chez lui, Lao Sun saisit un arbre dans ses bras. Les deux jeunes n'arrivèrent pas à l'en arracher.

— Il ne veut pas le lâcher, chef !

Le chef se retourna.

— Ça suffit, dit-il. Venez maintenant, il faut mettre le feu.

Munis d'une boîte d'allumettes, les deux jeunes montèrent sur un banc et allumèrent le chaume. Mais il avait plu la veille et le chaume, déjà moisi, ne s'enflamma pas malgré tous leurs efforts.

— Putain de bonsoir ! s'écria le chef, je ne peux pas croire que le feu de la commune populaire est incapable de détruire cette baraque !

Là-dessus il retroussa ses manches, résolu à s'y atteler personnellement.

— Si vous mettez de l'huile, souffla quelqu'un, ça ira très vite.

— Putain de bonsoir, je l'avais oublié, répondit le chef. C'est une bonne idée. Allez chercher de l'huile à la cantine.

J'avais longtemps pensé que j'étais seul à être aussi prodigue, mais je compris alors que notre chef ne l'était pas moins. Je me trouvais à une centaine de pas de la maison. Je vis le chef verser de l'huile sur le chaume. C'était de l'huile alimentaire, qui nous était arrachée de la bouche. Le chaume prit feu. La flamme monta vers le ciel, tandis que les fumées oscillaient sur le toit. Lao Sun, tenant toujours l'arbre entre ses bras, assista à la destruction de sa propre maison. Les larmes aux yeux, le malheureux resta là jusqu'au moment où le toit fut réduit aux cendres et les murs calcinés. Les gens l'entendaient se lamenter :

— Ma poêle est détruite, ma maison brûlée, je n'ai plus qu'à mourir.

Ce soir-là, il nous fut impossible, à Jiazhen et à moi, de dormir en paix. Si Jiazhen n'avait pas connu ce géomancien, personne ne peut savoir où nous aurions passé la nuit. J'étais convaincu que nous étions tributaires du destin. Lao Sun avait souffert et Jiazhen pensait que nous étions la cause de son malheur. Je le pensais aussi, seulement je ne l'exprimais pas de la même manière.

— C'est le malheur qui l'a trouvé tout seul, lui expliquai-je. On ne peut pas dire que nous en soyons la cause.

L'endroit destiné à la fonderie fut enfin libéré. Les deux jeunes gens que l'on avait envoyés acheter une chaudière, revinrent de la ville avec un réservoir d'essence. La plupart des gens du village n'en avaient jamais vu. Curieux, ils demandaient ce que c'était. Moi, j'avais connu ça pendant la guerre.

— C'est un réservoir d'essence, leur expliquai-je. Les voitures s'en servent pour manger.

Le chef donna un coup de pied à ce "bol de riz" des voitures.

— C'est trop petit, dit-il.

— Il n'y en avait pas de plus grand, répondirent les deux acheteurs. Il faudra fondre petit à petit.

Le chef aimait bien entendre raisonner et il donnait raison à tous ceux qui le faisaient.

— C'est juste, répliqua-t-il. On ne peut pas grossir en mangeant une seule fois. Il faudra fondre petit à petit.

Youqin, un panier rempli d'herbe à la main, se dirigeait vers l'étable, quand il aperçut une foule autour du réservoir d'essence. Il changea de direction et vint vers nous. Je vis une tête surgir au niveau de ma ceinture : c'était celle de mon fils.

— Quand on commencera à fondre, cria-t-il au chef, il faudra mettre de l'eau dans le réservoir d'essence.

Tout le monde éclata de rire.

— De l'eau ? répéta le chef. Tu veux qu'on y fasse cuire de la viande ?

Youqin éclata de rire, lui aussi.

— Sans eau, répliqua-t-il, le réservoir s'effondrera avant que le fer soit fondu.

Le chef fronça les sourcils comme s'il réfléchissait. Il me jeta un coup d'œil.

— Ton fils a raison, Fugui. Vous avez un scientifique à la maison.

Le chef fit des compliments à Youqin. Je me sentis évidemment très fier. En réalité, c'était une mauvaise idée. Le réservoir d'essence fut installé à l'emplacement de la maison de Lao Sun. On y mit de l'eau, des poêles et autres objets en fer et on posa par-dessus le couvercle de bois. Puis on alluma, et la fonte commença. Lorsque l'eau bouillait, la vapeur s'échappait du couvercle, qui tressautait comme si on cuisait de la viande.

Le chef venait voir le réservoir d'essence plusieurs fois par jour. Lorsqu'il soulevait le couvercle, il était effrayé chaque fois par la vapeur qui déferlait comme des vagues.

— Qu'est-ce que c'est brûlant ! s'écriait-il.

Quand il y avait moins de vapeur, il prenait une palanche et donnait quelques coups à l'intérieur du réservoir.

— Saletés ! jurait-il. Ils sont encore durs.

A cette époque, Jiazhen tomba malade. Elle se sentait toujours faible, épuisée. Je pensai d'abord que c'était dû à son âge. Un jour, les gens du village transportèrent à la palanche des crottes de mouton, pour fertiliser les champs où on avait planté des bambous. Les petits drapeaux de papier, qui flottaient sur les cannes, avaient disparu après la pluie en y laissant plein de traces rouges. Chargée de crottes de mouton, Jiazhen eut soudain les jambes en coton et s'écroula par terre. Les gens se moquèrent d'elle gentiment.

— C'est à cause de Fugui, plaisantèrent-ils. Il a trop travaillé au lit cette nuit.

Jiazhen rit, elle aussi. Elle se leva et essaya de soulever sa charge, mais ses jambes ne cessaient de trembler, comme si le vent agitait son pantalon. Je pensai qu'elle devait être très fatiguée.

— Jiazhen, lui dis-je, repose-toi un peu.

Là-dessus, elle s'écroula de nouveau. Les crottes de mouton se répandirent sur ses jambes. Elle rougit.

— Je ne sais pas ce que j'ai, me dit-elle.

Je pensais qu'il lui suffirait de bien dormir pour que le lendemain elle ait retrouvé ses forces. Mais elle fut incapable de transporter quoi que ce soit à la palanche les jours suivants. Heureusement, la commune populaire lui confia des travaux plus légers aux champs. Même souffrante, Jiazhen ne pouvait pas rester tranquille.

— Fugui, me demandait-elle souvent la nuit, est-ce que je vais devenir un fardeau pour la famille ?

— Ne te fais pas de souci, répliquais-je. A partir d'un certain âge, ça arrive à tout le monde.

A ce moment-là, la santé de Jiazhen ne me préoccupait pas tellement. Depuis notre mariage, Jiazhen avait toujours eu une vie très dure et maintenant, avec l'âge, il fallait qu'elle se repose un peu, me disais-je. Un mois plus tard, cependant, sa santé se dégrada. Un soir, ç'avait été notre tour de fondre. Après une nuit passée à veiller auprès du réservoir d'essence, Jiazhen était tombée réellement malade. Je pris peur et je me rendis compte qu'il fallait l'envoyer à l'hôpital de la ville.

Cela faisait plus de deux mois qu'on avait commencé la fonte, mais le fer était toujours aussi dur. Le chef estima qu'il ne pouvait pas toujours envoyer les gens les plus robustes travailler toute la nuit auprès du réservoir.

— Désormais, décréta-t-il, toutes les familles iront à tour de rôle.

121

Quand vint notre tour, le chef me dit :

— C'est la fête nationale demain, Fugui. Il faut faire tous tes efforts pour que la ferraille soit fondue.

J'envoyai Jiazhen et Fengxia à la cantine bien avant l'heure. Je voulais que nous mangions tôt pour aller vite fondre le fer. Sans compter que la famille que nous devions remplacer ne serait pas contente si nous arrivions tard. Mais lorsque Jiazhen et Fengxia revinrent de la cantine, Youqin demeura introuvable. Jiazhen resta à l'appeler un bon moment sur le pas de la porte, le front plein de sueur. Je pensai qu'il avait dû aller apporter de l'herbe à ses moutons.

— Mangez ! dis-je à Jiazhen.

Je pris le chemin de l'étable. "Ce gamin est vraiment inquiétant, me disais-je. Au lieu d'aider sa mère au ménage, il passe son temps à s'occuper de ses moutons. Avec lui, c'est le monde à l'envers."

Lorsque j'arrivai à l'étable, Youqin était en train de déverser son herbe par terre. Les six moutons qui restaient se précipitèrent sur lui.

— Est-ce qu'ils vont tuer mes moutons ? demanda-t-il à Wangxi en reprenant son panier.

— Non, répondit Wangxi. S'il n'y a plus de moutons, où trouvera-t-on de l'engrais ? Et sans engrais, les céréales pousseraient mal.

En me voyant entrer, Wangxi ajouta :

— Ton père arrive ! Rentre chez toi.

Youqin se retourna. Je lui donnai une petite tape sur la tête. J'étais fâché, mais j'avais été touché par le ton pitoyable avec lequel je l'avais entendu parler à Wangxi. Nous repartîmes pour la maison. Youqin fut ravi de voir que je n'étais pas en colère.

— Est-ce qu'ils vont tuer mes moutons ? me demanda-t-il.

— Il vaudrait bien mieux qu'ils les tuent, répondis-je.

Toute la famille veilla ce soir-là auprès du réservoir d'essence. J'étais chargé de verser l'eau dans le réservoir, Fengxia, d'aviver le feu à l'aide d'un éventail, Jiazhen et Youqin, de ramasser des branches d'arbres. A minuit, alors que tout le village dormait, j'avais déjà versé trois fois de l'eau dans le réservoir. Je tâtai la ferraille avec une branche d'arbre : elle était toujours dure. Très fatiguée, Jiazhen avait le visage en sueur. Lorsqu'elle déposait les branches qu'elle avait ramassées, elle se pliait presque jusqu'aux genoux.

— Tu dois être malade, lui dis-je après avoir remis le couvercle sur le réservoir.

— Non, ça va, répondit-elle. Je me sens seulement un peu faible.

Youqin était appuyé contre un arbre. Je crus qu'il dormait. Fengxia avivait le feu, changeant son éventail de main. Elle avait mal aux bras. Je lui fis un signe. Pensant que je voulais la remplacer, elle secoua la tête. Je lui montrai Youqin et lui demandai de le ramener à la maison. Elle se leva. Des bêlements de moutons nous parvinrent de l'étable. Youqin se mit à rire. Lorsque sa sœur arriva pour le porter, il ouvrit brusquement les yeux.

— Ce sont mes moutons qui crient ! s'exclama-t-il.

Il avait fait semblant de dormir. Je me mis en colère.

— Non, lui dis-je, ce ne sont plus tes moutons. Ils appartiennent à la commune populaire.

Effrayé, il n'avait plus sommeil et me regardait sans bouger. Jiazhen me donna une poussée.

— Il ne faut pas lui faire peur, me dit-elle d'un ton de reproche.

Elle s'accroupit devant lui.

— Dors, Youqin, lui dit-elle doucement.

Il regarda sa mère, hocha la tête et ferma les yeux. Quelques instants plus tard, il dormait profondément. Je le mis sur le dos de Fengxia et, par gestes, lui fis comprendre d'emmener son frère à la maison et de ne plus revenir.

Après leur départ, Jiazhen et moi nous restâmes assis devant le feu. Il faisait froid mais le feu nous réchauffait. Jiazhen était absolument sans force. Elle avait même du mal à lever les bras. Je lui proposai de s'appuyer contre moi.

— Allez, dors un peu, toi aussi.

Sa tête glissa sur mon épaule. Gagné par le sommeil, ma tête aussi penchait sans cesse. J'essayais de la redresser, mais elle retombait malgré moi. Je remis du bois dans le feu et m'endormis, la tête baissée.

Les heures passèrent sans que je m'en aperçoive. Tout à coup, un violent fracas me réveilla en sursaut. Il faisait presque jour. Le réservoir d'essence était renversé. Les feux n'en formaient plus qu'un, ils s'étaient réunis comme les rivières dans le fleuve. Couvert des vêtements de Jiazhen, je me levai aussitôt et fis deux fois le tour du réservoir. Jiazhen n'était pas là. Je fus pris de panique.

— Jiazhen, Jiazhen, hurlai-je.

Une voix très faible me parvint. Jiazhen était du côté de l'étang. Je la trouvai au bord de l'eau, assise par terre et faisant des efforts pour se lever. En la soulevant, je remarquai que ses vêtements étaient mouillés.

Pendant que je dormais, Jiazhen n'avait cessé de mettre du bois dans le feu. Lorsqu'il n'y eut presque plus d'eau dans le réservoir, elle avait pris deux seaux pour aller en chercher à l'étang. Epuisée, elle avait même du mal à tenir les seaux vides. Elle en avait d'abord rempli un. Après une pause, elle avait rempli le deuxième. Chargée des deux seaux, elle avait été obligée de s'arrêter à chaque pas. A peine avait-elle réussi à grimper jusqu'à la route qu'elle avait glissé, et les deux seaux s'étaient renversés sur elle. Incapable de se relever, elle était restée assise par terre jusqu'au moment où ce violent fracas m'avait réveillé.

Jiazhen n'était pas blessée. Je me sentis rassuré. Nous retournâmes près du réservoir d'essence. Le feu était presque éteint car le fond du réservoir avait été endommagé. Je fus saisi de panique tandis que Jiazhen, elle, était frappée de stupeur.

— C'est ma faute, tout est ma faute, se reprochait-elle sans arrêt.

— Non, dis-je, c'est la mienne. Je n'aurais pas dû m'endormir.

Il fallait en informer immédiatement le chef. Je fis asseoir Jiazhen contre un arbre et je courus vers mon ancienne maison, qui appartenait maintenant à notre chef. Il avait pris la succession de Long'er.

— Chef ! chef ! criai-je à tue-tête en arrivant devant la maison.

— Qui est là ?

— C'est Fugui ! Le fond du réservoir d'essence est endommagé !

— Est-ce que la ferraille est fondue ?

— Non, pas encore.

— Alors, pourquoi viens-tu ?

Je n'osai plus ouvrir la bouche. Je restai immobile, sans savoir quoi faire. Il faisait déjà jour. Je réfléchis qu'il valait mieux d'abord emmener Jiazhen à l'hôpital. Elle paraissait vraiment en mauvais état. Et je parlerais ensuite au chef du problème du réservoir.

Comme Jiazhen ne pouvait plus marcher, il allait falloir la porter jusqu'en ville. De mon côté, j'étais trop âgé pour la porter sur le dos pendant plus de vingt lis. Je rentrai donc chez moi pour demander à Fengxia de nous aider. A nous deux, nous porterions Jiazhen à tour de rôle.

Je me mis en route, Jiazhen sur le dos, Fengxia marchant à côté de moi.

— Je ne suis pas malade, Fugui, répétait Jiazhen. Je ne suis pas malade.

Je compris qu'elle ne voulait pas qu'on dépense de l'argent en soins médicaux.

— Malade ou pas, on le saura à l'hôpital, répliquais-je.

Jiazhen ne voulait pas y aller. Elle ne cessait de grogner. Epuisé, je demandai à Fengxia de me remplacer.

126

Plus énergique que moi, avec sa mère sur le dos, elle se mit à marcher à grands pas. Jiazhen en tira sans doute quelque consolation, car elle s'arrêta de grogner.

— Fengxia a beaucoup grandi, remarqua-t-elle en souriant.

Mais elle poursuivit aussitôt, d'un ton désolé :

— Si seulement Fengxia n'avait pas eu cette maladie…

— C'est de la vieille histoire tout ça, répondis-je. A quoi bon en parler ?

Un médecin de l'hôpital diagnostiqua chez Jiazhen une ostéomalacie, maladie inguérissable. "Son état va probablement rester stationnaire, mais il risque aussi de s'aggraver, expliqua le médecin. Il ne vous reste qu'à la ramener à la maison et à lui donner de bonnes choses à manger."

Ce fut Fengxia qui porta sa mère sur le chemin du retour et je marchai à côté d'elle. Je n'avais pas l'esprit tranquille. Plus je prenais conscience que Jiazhen était atteinte d'une maladie inguérissable, plus je me sentais saisi d'épouvante. La vie passait tellement vite ! Dire qu'elle se trouvait déjà dans un état pareil… En voyant son visage si maigre, je me rendais compte que, depuis son mariage, elle n'avait pas vécu un seul jour paisible avec moi.

Jiazhen paraissait au contraire très contente.

— Tant mieux si c'est inguérissable, dit-elle. Sinon, nous n'aurions pas eu assez d'argent pour me soigner.

En approchant du village, Jiazhen prétendit qu'elle se sentait mieux. Elle voulut descendre et marcher toute seule.

— Il ne faut pas faire peur à Youqin, déclara-t-elle.

Elle ne voulait pas que son fils ait un choc en la voyant. C'était une mère très attentionnée. Après avoir remis le pied par terre, elle refusa notre aide et nous assura qu'elle pouvait marcher par ses propres moyens.

— En réalité, je n'ai aucune maladie, dit-elle.

Tout à coup, nous vîmes une foule, arrivant du village, qui se dirigeait vers nous, accompagnée de gongs et de tambours. L'air ravi, le chef nous faisait de grands signes de la main.

— Fugui, me cria-t-il, ta famille a accompli un grand exploit.

Complètement dérouté, je me demandais de quel exploit il pouvait bien s'agir. Lorsqu'ils parvinrent jusqu'à nous, je vis que deux jeunes gens portaient sur une palanche un bloc de ferraille de forme irrégulière. Dressés par-dessus, une moitié de poêle et quelques morceaux de fer en dépassaient. Un tissu rouge flottait sur le bloc.

— C'est ta famille qui a réussi à fondre cette ferraille, déclara le chef. Et puisque cela tombe le jour de la fête nationale, nous allons annoncer la bonne nouvelle au district.

J'étais stupéfait. J'avais été pris d'angoisse en voyant que le fond du réservoir était endommagé, ne sachant comment me justifier devant le chef. Et voilà qu'à ma grande surprise la ferraille était fondue !

— On peut fabriquer trois obus avec ce bloc d'acier, reprit le chef en me tapant sur l'épaule. On va lancer ces trois obus sur Taiwan. Le premier tombera sur le lit de Chiang Kai-shek, le deuxième sur la table où il prend ses repas, et le troisième sur l'étable où on garde ses moutons.

Et là-dessus, sur un signe du chef, une dizaine de tambours et de gongs se mirent à résonner. La foule se remit en route. Le chef se tourna vers nous.

— Fugui, me cria-t-il, aujourd'hui il y a des petits pains farcis à la cantine, et dans chaque petit pain il y a énormément de viande de mouton.

— Est-ce que la ferraille est vraiment fondue ? demandai-je à Jiazhen quand la foule se fut éloignée.

Elle me fit un signe d'ignorance, ne sachant pas non plus si c'était vrai. Si la ferraille a fondu, c'est peut-être parce que le fond du réservoir était percé, me dis-je. Si Youqin n'avait pas suggéré d'y mettre de l'eau, elle aurait sans doute été fondue depuis longtemps.

En arrivant, nous trouvâmes Youqin en train de pleurer devant la maison.

— Ils ont tué mes moutons, nous dit-il.

Sa tristesse dura plusieurs jours. Il n'avait plus besoin de courir, le matin, pour être à l'heure à l'école. Au lieu d'aller couper de l'herbe pour ses moutons, il flânait devant la maison, ne sachant quoi faire de lui. Quand Jiazhen l'appelait pour le petit-déjeuner, il rentrait et se mettait à table. Après quoi il prenait son cartable et allait faire un tour à l'étable. Puis il prenait lentement le chemin de l'école.

Tous les moutons du village avaient été tués. Les provisions de la cantine étaient épuisées. Seuls les trois buffles, destinés à labourer les champs, étaient

129

encore en vie. Le chef du village nous assura qu'il allait demander de la nourriture à la commune. Il y alla plusieurs fois, accompagné d'une dizaine de jeunes, chacun avec une palanche à la main, comme s'ils allaient devoir transporter une montagne d'or. Mais quand ils revenaient, on ne voyait toujours que leur palanche. La dernière fois qu'ils y allèrent, ils ne ramenèrent même pas le moindre grain de riz.

— La cantine sera fermée à partir de demain, dit le chef. Chaque famille va acheter une poêle en ville et on mangera à la maison comme autrefois.

Sur un mot du chef, on avait commencé par démolir toutes les poêles, et maintenant on allait les racheter. A la cantine, on répartit équitablement ce qui restait de provisions entre toutes les familles. La part qui nous revint ne pouvait guère nous permettre de nous nourrir que pendant trois jours. Heureusement, la récolte du riz devait avoir lieu dans un mois. Nous étions bien capables de supporter cette période d'attente.

Le régime du travail changea. Un jour ouvrable était calculé en nombre de points, selon la qualité de la main-d'œuvre. Considéré comme une main-d'œuvre à part entière, j'avais droit à dix points par jour. Jiazhen aurait pu en avoir huit, mais étant malade, elle ne pouvait faire que des travaux légers et on ne lui en accordait que quatre. Heureusement, Fengxia avait grandi. Plus énergique que la plupart des autres femmes, elle pouvait obtenir sept points par jour.

Jiazhen se faisait beaucoup de souci à cause de ses quatre points. Convaincue qu'elle en était encore capable, elle alla plusieurs fois trouver le chef pour lui expliquer que, quoique malade, elle pouvait encore venir à bout de travaux lourds.

— Tu me donneras quatre points lorsque je n'aurai vraiment plus de force, dit-elle au chef.

— D'accord, lui répondit-il. Dans ces conditions, tu vas récolter le riz.

Jiazhen se rendit dans la rizière avec sa faucille. Elle commença par travailler très vite, si bien que je me demandai si le médecin ne s'était pas trompé dans son diagnostic. Mais au bout d'un moment, elle se mit à osciller et à couper moins vite.

— Tout va bien ? lui demandai-je.

Elle se releva, le visage en sueur.

— Fais ce que tu as à faire et ne te mêle pas de mes affaires, me dit-elle d'un ton de reproche.

De peur d'attirer l'attention des autres, elle ne voulait pas que je m'approche d'elle.

— Fais attention à toi, dis-je.

— Allez, va-t'en, me répondit-elle, énervée.

Il était inutile d'insister. Je m'en allai donc, mais peu de temps après, j'entendis un grand bruit de son côté. Pris de panique, je levai les yeux : Jiazhen s'était écroulée par terre. Elle se releva, les jambes tremblantes. De plus, en tombant, sa tête était allée cogner contre la faucille et elle s'était fait une blessure au front qui saignait. Elle me regardait en se forçant à sourire. Sans un mot, je la mis sur mon dos et partis pour la maison. Elle se laissa faire, mais me demanda :

— Est-ce que je pourrai encore gagner ma vie, Fugui ?

— Bien sûr, répondis-je.

Elle renonça dorénavant à réclamer des travaux lourds. Même s'il lui était pénible d'avoir perdu quatre points, l'idée qu'elle pouvait encore gagner sa vie, arrivait parfois à la consoler.

Depuis que Jiazhen était malade, la vie était devenue plus dure pour Fengxia. Sans cesse de travailler aux champs, elle devait s'occuper davantage de la maison. Par bonheur, elle était jeune et une bonne nuit de sommeil lui suffisait pour récupérer ses forces.

Youqin s'occupait un peu de la parcelle de terre qui nous avait été allouée. Un jour que je rentrais, au crépuscule, je l'y trouvai en train de sarcler les mauvaises herbes.

— Je connais déjà beaucoup de caractères, déclarat-il, tête baissée, sa houe à la main.

— C'est très bien, répondis-je.

Il leva la tête et me regarda.

— Cela me suffit pour toute la vie, poursuivit-il.

Je fus frappé par son ton, qui était celui d'un adulte, mais je ne songeai pas à m'appesantir sur ce qu'il entendait par là.

— Tu dois encore étudier davantage, dis-je sans réfléchir.

— Je ne veux plus aller à l'école.

Voilà donc où il voulait en venir ! Je m'assombris, tout à coup.

— Pas question, répondis-je.

En réalité, j'avais également envisagé de ne plus l'envoyer à l'école. Mais j'avais abandonné l'idée de peur que Jiazhen, malade, ne se sente coupable envers lui.

132

— Je te tuerai si tu ne travailles pas sérieusement, repris-je.

Je regrettai aussitôt mes paroles car s'il voulait abandonner ses études, c'était uniquement pour le bien de la famille. J'étais à la fois heureux et triste de voir qu'à douze ans il comprenait déjà tant de choses. Je décidai de ne plus le battre, de ne plus l'injurier pour un rien. Ce jour-là, comme j'étais allé vendre des légumes en ville, sur le chemin du retour, j'achetai, pour cinq centimes, cinq bonbons pour Youqin. C'était la première fois que j'offrais quelque chose à mon fils. Il fallait vraiment que je m'occupe un peu plus de lui.

Chargé de mes paniers vides, j'arrivai à l'école. Elle ne comportait que deux petits bâtiments. On entendait les écoliers lire ensemble à haute voix. Je fis toutes les classes, à la recherche de mon fils. La sienne se trouvait tout au bout du couloir. L'institutrice était en train de leur donner une explication au tableau. Par la fenêtre, j'aperçus Youqin qui jetait quelque chose sur la tête de l'élève assis devant lui. La colère me prit en voyant qu'il se conduisait avec aussi peu de sérieux. Pour payer ses études, il avait fallu envoyer Fengxia chez les autres et nous avions continué à payer malgré l'état de santé de sa mère. Et tous ces sacrifices, nous les aurions faits pour qu'il puisse venir s'amuser à l'école ! Emporté par la colère, je posai mes paniers par terre, j'entrai dans la classe et je donnai une gifle à Youqin. Il ne s'avisa de ma présence qu'en recevant ma gifle. Terrifié, il blêmit.

— Tu me feras mourir de colère ! m'écriai-je.

Il se mit à trembler. Je lui donnai une deuxième gifle. Ahuri, il se recroquevilla. Hors d'elle, l'institutrice intervint :

— Qui es-tu ? demanda-t-elle. On est dans une école, ici, pas dans un trou de campagne.

— Je suis son père, répondis-je.

A cause de la colère, ma voix avait pris un registre aigu. L'institutrice se fâcha, elle aussi.

— Sors d'ici ! s'exclama-t-elle, exaspérée. Tu ne mérites pas d'être son père ! Tu ressembles plutôt à ces fascistes du Guomindang !

Je ne savais pas ce qu'était le fascisme, mais je savais ce que signifiait le Guomindang. C'était une injure. Si Youqin n'était pas sérieux à l'école, c'était certainement parce qu'il avait une institutrice mal élevée.

— C'est toi qui ressembles aux gens du Guomindang ! répliquai-je. Ces gens-là ont, comme toi, l'injure à la bouche !

L'institutrice voulut parler, mais ses larmes l'en empêchèrent. Des classes voisines, d'autres instituteurs vinrent me tirer dehors. En cercle autour de moi, ils m'apostrophèrent tous ensemble, si bien que je ne comprenais rien à ce qu'ils me disaient. Puis arriva une femme, que j'entendis appeler "proviseur". Elle me demanda pourquoi j'avais battu mon fils. Je lui fis part alors de tous les sacrifices que nous avions faits pour Youqin, du départ de Fengxia et de l'état de santé de Jiazhen.

— Laissez-le partir, dit-elle aux autres.

En reprenant mes paniers, je remarquai que tous les élèves avaient observé la scène, penchés aux fenêtres.

Mon fils en fut profondément blessé. En réalité, il souffrait moins d'avoir été battu que d'avoir perdu la face devant ses professeurs et ses camarades.

Je n'avais pas encore décoléré quand j'arrivai à la maison. Je racontai tout à Jiazhen.

— Tu te rends compte de ce que tu as fait ? me reprocha-t-elle. Comment Youqin pourra-t-il avoir des rapports normaux avec ses camarades, maintenant ?

Je compris que j'avais dépassé les bornes. J'avais fait perdre la face à Youqin, sans parler de moi.

Quand Youqin rentra de l'école, l'après-midi, je lui adressai la parole mais il n'en tint pas compte. Il déposa son cartable et s'apprêtait à sortir lorsque Jiazhen l'appela. Il s'arrêta, se rendit auprès d'elle et se mit à pleurer à gros sanglots. J'avais du mal à me représenter à quel point il était triste.

Pendant un mois il fit tout pour ne pas me parler. Il faisait tout ce que je lui demandais de faire, sans jamais m'adresser la parole. Comme il ne commettait pas de bêtises, je manquais de prétexte pour me mettre en colère contre lui.

En réalité, je me comportais toujours de façon excessive. J'avais profondément blessé mon fils. Par bonheur, Youqin était encore petit. Quelques jours plus tard, je m'aperçus qu'il ne me faisait plus tellement la tête. Il ne me répondait toujours pas, mais je pouvais lui parler et je lisais sur son visage que la rancune était en train de céder. Il me jetait parfois un coup d'œil furtif. Je le connaissais assez pour savoir à quel point c'était gênant pour lui de changer tout à coup d'attitude à mon égard. Quoi qu'il en soit, j'avais conscience qu'il ne fallait pas brusquer les choses. De toute façon c'était mon fils et, un jour ou l'autre, il m'appellerait de nouveau "père".

Depuis la fermeture de la cantine, la vie était de plus en plus dure. Les gens n'avaient plus de ressources. Je décidai de mettre nos dernières économies dans l'achat d'un agneau. Le mouton peut servir de nourriture, et aussi à fertiliser les champs. Au printemps, on peut le tondre et vendre sa laine. Et puis, il y avait Youqin. Si je lui achetais un agneau, quel plaisir ce serait pour lui !

Jiazhen fut très contente lorsque je lui fis part de mon projet. Elle me poussa à me dépêcher de faire cet achat. Dans l'après-midi du jour même, je partis pour la ville, l'argent serré sur ma poitrine. J'achetai un agneau près du pont Bonheur-Universel, à l'ouest de la ville. Sur le chemin du retour, je passai devant l'école de Youqin. J'aurais bien voulu lui faire plaisir et lui montrer l'agneau, mais de trop mauvais souvenirs me retinrent d'entrer. Youqin n'apprécierait certainement pas de me voir remettre les pieds dans son école.

Lorsque j'approchai de mon village, avec mon agneau en laisse, j'entendis courir derrière moi. Je n'avais pas eu le temps de me retourner que Youqin m'appelait :

— Père ! Père !

Je m'arrêtai et l'attendis. Il accourut, le visage tout rouge. Il avait été si transporté de joie en apercevant l'agneau, qu'il en avait oublié que nous ne nous parlions plus…

136

— Il est pour moi, cet agneau, père ? me demanda-t-il en arrivant, tout essoufflé.

Je hochai la tête.

— Tiens, prends-le, dis-je en lui tendant la corde.

Youqin fit quelques pas avec l'agneau dans ses bras. Puis il le posa par terre, lui souleva une patte arrière et s'accroupit pour l'examiner.

— C'est une brebis, père, constata-t-il.

J'éclatai de rire et le pris par les épaules. Elles étaient si maigres que, sans savoir pourquoi, j'en éprouvai beaucoup de peine.

— Youqin, maintenant que tu as grandi, lui déclarai-je, je ne te battrai plus. Et si jamais ça m'arrivait, je ne le ferais en tout cas pas devant les autres.

Je lui jetai discrètement un coup d'œil, mais, gêné, il avait tourné la tête.

Depuis que nous avions un agneau à la maison, Youqin devait de nouveau aller à l'école en courant. Tout en continuant à travailler sur notre parcelle de terre, il allait couper de l'herbe pour nourrir son animal. Il courait tout le temps, mais à ma grande surprise, cet entraînement lui valut d'accomplir un exploit.

Une compétition sportive eut lieu un jour que j'étais venu en ville vendre des légumes. J'étais sur le point de repartir, lorsque je vis du monde se rassembler des deux côtés de la rue. On m'expliqua qu'on avait organisé un marathon scolaire. Les élèves devaient passer par là et faire dix fois le tour de la ville.

A cette époque, la ville comptait une école secondaire. Pour sa part, Youqin était en quatrième année d'études primaires, mais comme c'était la première fois qu'on organisait une compétition sportive, tous les élèves du primaire et du secondaire couraient ensemble. Je posai mes paniers, en attendant de savoir si Youqin participait ou non à ce marathon. Un peu plus tard, je vis arriver un groupe d'élèves à peu près du même âge que lui. Leurs têtes ne tenaient plus sur leurs épaules, et deux d'entre eux vacillaient sur leurs jambes. Ils s'éloignaient quand je vis soudain Youqin arriver seul. Il courait pieds nus, ses chaussures à la main. Convaincu qu'il était le dernier du groupe, je me dis qu'il n'était décidément bon à rien et qu'il allait me faire perdre la face. Je fus tout à fait désorienté de constater que les autres spectateurs l'applaudissaient. Arrivèrent alors des élèves de l'école secondaire, si bien que je ne comprenais plus rien. En quoi consistait donc cette compétition ?

— Ce sont les plus grands élèves qui courent le moins vite ? demandai-je à un voisin.

— En effet, on dirait, me répondit-il. Le garçon qui vient de passer a quelques tours d'avance sur les autres.

Etait-ce bien de Youqin qu'il parlait ? J'éprouvai soudain une joie immense, indicible. Ainsi, même les élèves de quatre ou cinq ans de plus que Youqin avaient un tour de retard sur lui… Je revis ensuite, de mes propres yeux, mon fils courir, pieds nus, ses chaussures à la main. Il fut le premier à finir ses dix tours, comme si de rien n'était. Il n'avait même pas l'air essoufflé. Il se frotta un pied contre son pantalon avant de remettre sa chaussure, puis fit de même avec l'autre pied. Les mains croisées dans le dos, l'air satisfait, il se mit alors à regarder courir ses camarades plus âgés.

J'étais fou de joie.

— Youqin ! m'écriai-je.

J'allai vers lui, mes paniers vides sur l'épaule, marchant d'un air dégagé pour bien montrer à tous que j'étais le père de Youqin. Gêné, celui-ci s'empressa de ramener ses mains devant lui. Je lui tapai dans le dos.

— Tu es un bon fils, dis-je à haute voix, tu fais honneur à ton père.

Comme je parlais très fort, il regarda autour de lui. Il avait peur que je me fasse remarquer par ses camarades.

— Xu Youqin !

Un gros bonhomme l'appelait. Youqin alla aussitôt vers lui. J'eus l'impression qu'il se sentait plus proche de lui que de moi. Après avoir fait quelques pas, il se retourna :

— C'est mon professeur, me dit-il.

Il me donnait cette précision parce qu'il craignait que je ne lui règle son compte à la maison.

— Vas-y ! Vas-y ! répondis-je avec un geste à l'appui.

Le gros bonhomme avait des mains énormes. Comme il en posait une sur la tête de Youqin, je ne vis plus que cette main, comme si elle avait poussé sur son épaule. J'eus l'impression qu'ils s'entendaient très bien tous les deux. Ils entrèrent ensemble dans une boutique où le gros bonhomme acheta une poignée de bonbons pour Youqin. Celui-ci mit les bonbons dans sa poche, laissa sa main dessus et sortit du magasin, fou de joie.

Le soir, je lui demandai qui était ce gros bonhomme.

— C'est mon professeur d'éducation physique, me répondit-il.

— On dirait que tu te sens plus proche de lui que de moi, fis-je observer d'un ton de reproche.

Youqin étala tous ses bonbons sur le lit et les divisa en trois parts. Puis, après les avoir regardés, il en retira un à chacune des deux parts pour le rajouter à la sienne. Après les avoir contemplés de nouveau, il reprit les deux bonbons qu'il avait rajoutés à sa part et les remit à leur place. Je savais qu'une part était pour lui et qu'il voulait donner les deux autres à Fengxia et à Jiazhen. Il n'y avait rien pour moi. Mais, à ma surprise, il mélangea tout à coup tous les bonbons et les redivisa en quatre parts. Puis il changea de nouveau d'avis. A la fin, il ne restait plus que trois parts.

Quelques jours plus tard, Youqin invita son professeur d'éducation physique à la maison. Celui-ci fit l'éloge de son élève. Il prétendit que Youqin pouvait faire carrière dans le sport et participer à des compétitions internationales. Assis sur le seuil de la porte, Youqin était tellement surexcité qu'il avait le visage en sueur.

Je ne lui fis aucune critique devant son professeur. Mais après son départ, je fis venir Youqin près de moi. Il s'attendait sans doute à recevoir des compliments.

— Je suis fier de toi, lui dis-je, tu as fait honneur à la famille. Mais je n'ai jamais entendu dire qu'on

140

pouvait vivre de la course. Je ne t'ai pas envoyé à l'école pour apprendre à courir mais à lire. Est-ce qu'on a besoin d'apprendre à courir ? Même les poulets savent le faire.

Youqin baissa aussitôt la tête et alla prendre son panier et sa faucille.

— Tu as compris ce que je viens de te dire ? lui demandai-je.

Du pas de la porte, sans se retourner, il me fit un signe de tête et sortit.

Cette année-là, il avait commencé à pleuvoir alors que les pousses de riz étaient encore vertes. La pluie tombait sans cesse sur les jeunes épis. De tout le mois, nous n'avions connu que quelques jours ensoleillées, puis le ciel s'était couvert de nouveau et il s'était remis à pleuvoir. L'eau s'accumulait, montait, et écrasait les plantes de son poids. A la fin, les champs furent complètement inondés. Les vieux paysans pleuraient. "De quoi allons-nous vivre ?" se demandaient-ils.

Les jeunes, eux, avaient encore l'espoir que l'Etat nous viendrait en aide.

— Inutile de s'inquiéter, disaient-ils. Le Ciel viendra à notre secours au dernier moment. Le chef est déjà parti demander du riz au district.

Le chef était allé trois fois à la commune et une fois au district.

— Ne vous inquiétez pas. Le préfet m'a assuré que, tant qu'il serait en vie, nous ne courrions aucun risque de mourir de faim.

C'était là tout ce qu'il avait rapporté.

141

Après un mois de pluies incessantes, il se mit à faire extrêmement chaud. Le riz pourrissait dans les champs. Le soir, le vent charriait des odeurs nauséabondes de cadavres en décomposition. Nous n'avions même plus l'espoir de récupérer la paille de riz. Tout était perdu. Le chef continuait à prétendre que les autorités du district nous fourniraient du riz, mais jusqu'ici, personne n'en avait vu venir un seul grain. Il était bien difficile d'ajouter foi à cette promesse, mais d'un autre côté, si on ne s'y raccrochait pas, tout espoir de vivre était perdu.

Les gens du village comptaient maintenant les grains de riz avant de les verser dans la poêle, car les provisions étaient limitées. Au lieu du repas habituel, ils ne préparaient plus que la soupe de riz, qui se diluait encore de jour en jour. Quelques mois passèrent ainsi. Quand les provisions furent épuisées, Jiazhen et moi nous décidâmes d'aller en ville vendre notre mouton pour acheter du riz. Nous pensions en tirer une cinquantaine de kilos, ce qui devait nous permettre de tenir jusqu'à la prochaine récolte.

Il y avait presque deux mois que nous n'avions pas mangé à notre faim. Grâce à Youqin, le mouton était bien dodu. Nous l'entendions bêler de l'étable. Pour ne pas manger, Youqin prétendait qu'il avait mal à la tête, mais il n'oubliait jamais d'aller couper de l'herbe pour son mouton. Il l'aimait exactement comme Jiazhen aimait son fils.

Quand Jiazhen et moi nous résolûmes de faire part à Youqin de notre décision, il était justement en train de renverser l'herbe de son panier sur le sol de l'étable. Le mouton se mit à manger très vite, avec un bruit pareil à celui de la pluie qui tombe. Youqin resta à côté de lui, son panier vide à la main. Il regardait son mouton, un grand sourire aux lèvres.

Il ne m'entendit pas arriver. Il ne tourna la tête que lorsque je lui posai la main sur l'épaule.

— Il avait une faim de loup, remarqua-t-il.

— Youqin, j'ai quelque chose à te dire.

Il me fit signe qu'il m'écoutait.

— Il ne reste presque plus rien à la maison. Ta mère et moi, nous avons décidé de vendre le mouton pour acheter du riz, sinon toute la famille va souffrir de la faim.

Tête baissée, Youqin ne répondit pas. Je savais bien qu'il ne voulait pas se séparer de son mouton.

— Allez, dis-je en lui tapant sur l'épaule. J'en achèterai un autre quand les jours seront devenus meilleurs.

Youqin acquiesça. Il avait grandi et était devenu plus raisonnable. Quelques années auparavant, il nous aurait fait une scène épouvantable. En sortant de l'étable, il me tira par la manche.

— Il ne faudra pas le vendre au boucher, père, c'est d'accord ?

"A l'heure actuelle, qui pourrait encore vouloir d'un mouton ? me demandai-je. Si je ne le vends pas au boucher, je ne le vendrai à personne." Mais Youqin avait l'air si misérable que je me sentis obligé d'accepter.

Le lendemain matin, je sortis le mouton de l'étable et, un sac sur l'épaule pour rapporter le riz, je pris le chemin de la ville. Jiazhen et Youqin me rattrapèrent à la sortie du village.

— Youqin veut venir avec toi, me dit Jiazhen.

— C'est dimanche aujourd'hui, répliquai-je. Qu'est-ce qu'il va faire à l'école ?

— Emmène-le quand même, insista Jiazhen.

Je compris qu'il voulait rester plus longtemps avec son mouton. Et comme il craignait que je ne refuse de l'emmener, il comptait sur sa mère pour qu'elle fasse pression sur moi. "Après tout, s'il veut venir, qu'il vienne", me dis-je. Sur un signe de moi, il accourut, me prit la corde des mains et me suivit, tête basse.

Il ne prononça pas une parole tout au long de la route. Son mouton ne cessait de bêler et s'amusait parfois à donner des coups de tête dans les fesses de son maître. Les moutons et les êtres humains se comprennent. Le mouton de Youqin savait que son maître s'occupait bien de lui et il lui en était reconnaissant. Mais plus il se montrait reconnaissant, plus son maître se sentait triste. Youqin se mordait la lèvre et avait du mal à retenir ses larmes.

Il marchait vite, tête toujours baissée. Je n'étais pas à l'aise, moi non plus. J'essayai de le consoler.

— Pour un mouton, il vaut quand même mieux être vendu que tué, lui expliquai-je. Les moutons sont nés pour ça, comme tous les animaux. C'est leur destin.

Arrivés en ville, Youqin s'arrêta dans une encoignure.

— Je t'attendrai ici, père, me dit-il, les yeux fixés sur son mouton.

144

Je compris qu'il ne voulait pas assister à la vente de son animal. Je lui repris la corde et poursuivis mon chemin. J'avais à peine fait quelques pas que Youqin me rappelait.

— N'oublie pas ce que tu m'as promis, père.

— Qu'est-ce que je t'ai promis ? lui demandai-je.

— Tu m'as promis de ne pas le vendre à un boucher, me rappela-t-il, l'air inquiet.

Je l'avais déjà oublié. Heureusement que Youqin avait renoncé à me suivre, sinon il n'aurait pas fini de pleurer.

— Je sais, répondis-je.

Je changeai de rue pour aller chez le boucher. Sa boutique, pleine de viande auparavant, était vide en cette année de calamités naturelles. Nonchalamment assis, le boucher regarda mon mouton presque avec indifférence. Ses mains tremblaient lorsque nous le pesâmes avec une balance romaine.

— Je n'ai plus de forces, me dit-il. Il y a longtemps que je n'ai plus mangé à ma faim.

Même les gens de la ville ne mangeaient pas à leur faim. Il me raconta qu'il y avait déjà une dizaine de jours qu'il n'avait pas eu un morceau de viande à vendre.

— Tu vas voir, poursuivit-il en me montrant du doigt un poteau électrique, à vingt mètres. D'ici une heure, les clients feront la queue jusque-là.

Ses prévisions étaient justes. Une dizaine de personnes faisaient déjà la queue quand je m'en allai. D'autres faisaient la queue devant les boutiques de riz.

Le mouton ne me rapporta que vingt kilos de riz, au lieu des cinquante que j'espérais. En passant devant une épicerie, j'entrai et, pour deux centimes, achetai deux bonbons. Youqin méritait bien cette petite récompense pour la peine qu'il s'était donnée depuis un an.

J'allai le rejoindre, chargé de mes vingt kilos de riz. Il faisait les cent pas, en envoyant des coups de pied dans un caillou. Je lui donnai les deux bonbons. Il en mit un dans sa poche et sortit l'autre de son papier pour le manger. Nous prîmes le chemin du retour. Youqin tenait à la main le papier du bonbon qu'il avait soigneusement plié.

— Tu veux un bonbon, père ? me demanda-t-il.

— Mange-le toi, répondis-je en secouant la tête.

Lorsque j'arrivai, Jiazhen devina tout de suite combien de riz il y avait dans le sac. Elle ne dit rien mais poussa un soupir. C'était très dur pour elle. Est-ce qu'elle pourrait nous faire manger tous les jours ? Inquiète, elle n'arrivait plus à dormir.

Pourtant, même si la vie était extrêmement pénible, il fallait continuer à vivre. Chaque jour, elle partait à la recherche de légumes sauvages. Comme elle ne mangeait jamais à sa faim, sa santé, déjà mauvaise, s'altérait de plus en plus. Le pronostic du médecin se vérifiait. Elle marchait péniblement, appuyée sur une canne, et elle n'avait pas fait vingt pas que des gouttes de sueur perlaient sur son front. Elle était obligée de s'agenouiller pour arracher les légumes, alors que les autres restaient accroupis. Et elle se relevait en oscillant.

— Reste à la maison, lui dis-je un jour, affligé de la voir dans cet état.

Sans me répondre, elle se dirigea vers la porte, appuyée sur sa canne. Je la saisis par le bras. En la tirant, je la fis tomber. Assise par terre, elle se mit à pleurer.

— Je suis encore en vie, se lamenta-t-elle, et toi, tu me traites déjà comme on traite les morts…

Je ne savais plus quoi faire avec elle. Ah, les femmes ! Quand elles se sont mis quelque chose en tête, elles sont capables de faire n'importe quoi, de dire n'importe quoi. Chaque fois que je voulais empêcher Jiazhen de travailler, elle pensait que je la sous-estimais.

Trois mois plus tard à peine, les vingt kilos de riz étaient épuisés. Ils ne nous auraient pas permis de vivre plus de deux semaines si Jiazhen n'y avait pas ajouté des feuilles de citrouille ou des écorces d'arbre. A cette époque, tous les gens du village se trouvaient à court de riz. On ne trouvait même plus de légumes sauvages. Dans certaines familles, on avait commencé à manger des racines d'arbres. Il restait d'ailleurs de moins en moins de gens dans le village. Chaque jour, ils étaient quelques-uns à quitter leur famille pour aller mendier ailleurs.

Notre chef se rendit de nouveau au district. Au retour, les forces lui manquèrent pour regagner le village. Il s'assit par terre, hors d'haleine. Quelques personnes, occupées à chercher de la nourriture dans les champs, se dirigèrent vers lui.

— Quand est-ce qu'ils nous donneront du riz, chef ? lui demandèrent-ils.

— Je ne peux plus marcher, répondit le chef, en détournant la tête. D'ailleurs, il vaut mieux rester chez vous. Il n'y a rien à manger en ville non plus, poursuivit-il, en pensant à tous ceux qui avaient quitté le village pour aller mendier.

Appuyée sur sa canne, Jiazhen continuait à aller chercher des légumes sauvages, alors qu'elle savait bien qu'il n'en restait plus. Youqin y allait avec elle. Il était maigre comme un bambou, car à son âge il avait besoin de manger plus que nous.

— Mère, disait Youqin, j'ai faim, je ne peux plus marcher.

Où pouvait-elle trouver quelque chose à manger pour Youqin ?

— Va boire un peu pour te remplir le ventre, lui suggérait Jiazhen, désespérée.

Pour tromper sa faim, Youqin n'avait plus qu'à aller boire beaucoup d'eau à l'étang.

Fengxia et moi, la houe sur l'épaule, nous allions chercher des patates douces dans les champs. La terre avait déjà été retournée je ne sais combien de fois, mais les gens du village continuaient à la creuser à la houe et, au bout d'une journée, finissaient parfois par trouver une tige de patate douce. Fengxia souffrait également de la faim. Elle avait le visage bleu et, lorsqu'elle agitait sa houe, elle ne pouvait même pas relever la tête. Muette, elle ne faisait que travailler. Elle me suivait là où j'allais. Je trouvais que nous manquions d'efficacité, que nous aurions dû chercher chacun de notre côté. Je lui faisais signe d'aller ailleurs. Mais un incident pénible se produisit le jour où elle consentit à se séparer de moi.

Fengxia cherchait des patates douces à côté de Wangsi. Wangsi n'était pas quelqu'un de méchant. A l'époque où j'étais dans l'armée du Guomindang, son père et lui venaient souvent aider Jiazhen à faire les gros travaux. Mais lorsqu'ils sont affamés, les hommes sont capables de toutes sortes de choses immorales.

Fengxia avait trouvé une patate douce, mais, profitant de son infirmité, Wangsi lui retira sa patate des mains alors qu'elle l'essuyait avec un coin de son vêtement. Habituellement timide, Fengxia ne voulut pas céder, ce jour-là. Elle se rua sur lui, cherchant à reprendre sa patate. Wangsi se mit à crier à tue-tête et pour les gens qui se trouvaient autour, c'était Fengxia qui était en train de vouloir lui arracher sa patate des mains.

— Il faut quand même être honnête, Fugui, me dit Wangsi. On n'a pas le droit de voler les autres, même si on a très faim.

Fengxia essayait de toutes ses forces de desserrer les doigts de Wangsi, fermés sur sa patate. Je me précipitai sur elle et l'écartai de Wangsi. Elle en eut presque les larmes aux yeux. Par gestes, elle tenta de m'expliquer que c'était la sienne et que Wangsi la lui avait prise. Quelques personnes semblaient avoir compris ce qui s'était passé.

— C'est toi qui la lui as prise ou c'est elle ? demandèrent-ils à Wangsi.

— Vous l'avez vu vous-mêmes, c'est clair, répondit-il, faisant mine d'être victime d'une injustice.

— Ce n'est pas le genre de Fengxia, dis-je. Les gens d'ici la connaissent bien. Si cette patate douce t'appartient vraiment, Wangsi, prends-la. Sinon tu vas avoir du mal à la digérer.

— Laisse ta fille s'expliquer, répondit Wangsi en pointant le doigt sur Fengxia.

Il savait bien que cela lui était impossible. J'en tremblais de colère. Fengxia ne cessait de remuer les lèvres. On n'entendait rien mais on voyait les larmes couler sur son visage.

— Prends la patate si tu ne crains pas d'être foudroyé par le Tonnerre, dis-je à Wangsi en l'encourageant du geste.

Wangsi n'avait même pas mauvaise conscience.

— Bien sûr que je vais la prendre puisqu'elle m'appartient, me répondit-il, tête haute.

Là-dessus, il fit demi-tour et s'apprêtait à partir quand Fengxia leva sa houe et se rua sur lui. Elle l'aurait tué s'il ne s'était écarté à temps, averti par les cris d'alarme des autres. Lorsqu'il comprit ce qui s'était passé, Wangsi donna une gifle à Fengxia. Dans l'état de faiblesse où elle était, le coup la fit tomber. Le bruit qu'avait fait cette gifle ressemblait à celui qu'on entend lorsqu'on se jette dans un étang. Il me retourna les sangs. Je me précipitai sur Wangsi et lui envoyai un coup de poing en pleine figure. Sa tête oscilla. J'avais mal à la main. Une fois remis, Wangsi prit une houe et se jeta sur moi. Je m'écartai d'un bond et m'emparai, moi aussi, d'une houe.

L'un de nous deux serait mort si on ne nous avait pas séparés. Quelques instants plus tard, le chef arrivait.

— Putain de bonsoir ! jura-t-il après avoir appris ce qui s'était passé. Si vous étiez morts, comment aurais-je pu expliquer ça à mes supérieurs ? Ce n'est pas le genre de Fengxia, poursuivit-il, mais je n'ai rien pour prouver que c'est bien Wangsi qui lui a pris sa patate. Bon, il ne nous reste plus qu'à la partager.

Il ouvrit la main pour que Wangsi y dépose la patate. Celui-ci n'arrivait pas à se décider à la lâcher.

— Donne-la-moi, lui ordonna le chef.

Wangsi fut obligé de lui obéir. Il la lui tendit, le visage sombre. Le chef prit une faucille, posa la patate douce sur un talus et la coupa en deux. Mais il se trouva qu'elle était mal coupée et qu'un morceau était plus gros que l'autre.

— Chef, comment faire le partage ? demandai-je.

— C'est très facile, répondit le chef.

Il reprit la faucille, coupa une tranche dans le morceau le plus gros et la mit dans sa poche. C'était pour lui.

— Et maintenant, est-ce qu'ils sont de la même taille ? demanda le chef en nous montrant les deux morceaux, à Wangsi et à moi.

A vrai dire, une patate douce ne permet pas de nourrir toute une famille. Mais à ce moment-là, c'était considéré comme quelque chose de vital. Cela faisait un mois que nos provisions étaient épuisées. Dans les champs, on ne trouvait pratiquement plus rien. Affamés, il y en avait qui étaient prêts à risquer leur vie pour un bol de riz.

Le lendemain de la dispute avec Wangsi, je rencontrai Jiazhen à la sortie du village.

— Je vais voir mon père, dit-elle lorsque je lui demandai où elle allait.

Une fille qui veut voir son père, c'est dans l'ordre des choses. Je n'avais pas le droit de l'en empêcher.

— Emmène Fengxia, elle pourra s'occuper de toi, lui proposai-je, inquiet pour sa santé.

— Non, je ne veux pas, répondit-elle sans même tourner la tête.

A cette époque, elle était souvent de mauvaise humeur. Je la laissai partir sans insister. Elle marchait lentement. Maigre comme un clou, elle flottait dans ses vêtements autrefois si serrés, comme si elle voltigeait dans le vent.

Je ne savais pas qu'elle était allée en ville pour chercher de la nourriture. Elle rentra le jour même, au crépuscule. Fengxia l'aperçut qui arrivait, tenant à peine sur ses jambes. Elle me tira par la manche. Je me retournai. De la route, appuyée sur sa canne, Jiazhen nous adressa un salut de la main. Lorsqu'elle leva le bras, j'eus l'impression que sa tête allait tomber de ses épaules.

Je me précipitai au-devant d'elle. En me voyant arriver, ses forces l'abandonnèrent. Elle s'écroula.

— Aide-moi, Fugui, me dit-elle d'une voix faible, en s'agrippant à sa canne.

Je lui tendis la main.

— Touche là, balbutia-t-elle, à bout de souffle, en me prenant la main et en la posant sur son estomac.

A ma stupeur, je sentis sous mes doigts un petit sac de riz.

— Du riz ! m'exclamai-je.

— C'est mon père qui me l'a donné…

À cette époque, un sac de riz était plus précieux que les mets les plus exquis, que des fruits de mer ou des produits de la montagne. Il nous procura une immense joie car, depuis presque deux mois, nous en avions oublié le goût. Je laissai Jiazhen rentrer en compagnie de sa fille et je partis à la recherche de Youqin. Je le trouvai allongé au bord de l'étang, le ventre plein d'eau.

— Youqin ! Youqin ! appelai-je.

Il tourna la tête et me répondit d'une voix éteinte. Je lui dis tout bas :

— Allez, va manger de la soupe de riz à la maison.

Je ne sais comment, il retrouva des forces et se leva vivement.

— De la soupe de riz ! s'exclama-t-il.

— Moins fort ! répliquai-je précipitamment, pris de panique.

Il ne fallait absolument pas que les autres le sachent. Jiazhen avait rapporté le sac de riz caché dans ses vêtements. Lorsque tout le monde fut de retour à la maison, je bouclai la porte. Jiazhen sortit alors son sac de riz, en versa la moitié dans la poêle, y rajouta de l'eau, tandis que Fengxia s'occupait d'allumer le fourneau. Je postai Youqin derrière la porte pour qu'il surveille les passants à travers la fente. L'eau commença à bouillir et la maison se remplit d'une odeur parfumée de riz.

Youqin ne resta pas longtemps derrière la porte. Il revint à côté de la poêle, renifler l'odeur du riz.

— Ça sent vraiment bon ! s'exclama-t-il.

— Allez, va jeter un coup d'œil dehors, lui dis-je en l'écartant de la poêle.

Avant de s'éloigner, il inspira profondément la vapeur.

— J'ai enfin pu vous apporter quelque chose de bon à manger, remarqua Jiazhen en souriant.

Tout à coup, elle se mit à pleurer.

— Mon père s'est arraché chaque grain de la bouche pour pouvoir nous donner ce riz, se lamenta-t-elle.

A cet instant, quelqu'un s'arrêta devant la porte.

— Fugui ! appela-t-il.

Effrayés, nous retînmes notre souffle. Youqin était immobile derrière la porte, le dos courbé. Seule Fengxia continuait, souriante, à mettre du bois dans le fourneau. Elle n'avait rien entendu. Je lui tapai sur l'épaule pour lui signifier de faire moins de bruit.

— Tiens donc ! fit une voix mécontente au-dehors. Une épaisse fumée monte de la cheminée alors que la maison est vide…

Un peu plus tard, cette personne ne se manifestant plus, Youqin alla jeter un nouveau coup d'œil à travers la fente de la porte.

— Ça y est, il est parti, nous dit-il doucement.

La soupe de riz était prête. Soulagés, tous assis autour de la table, nous avons avalé notre soupe bouillante. Je n'ai jamais si bien mangé que ce jour-là. Je salive encore rien que d'y penser. Youqin mangeait trop vite. Le premier à finir sa soupe, il inspira ensuite profondément, la bouche grande ouverte. Cette bouche

154

brûlée, dans laquelle se formaient des bulles d'eau, le fit souffrir plusieurs jours.

Après le repas, le chef arriva avec d'autres habitants du village. Cela faisait presque deux mois que personne n'avait mangé de riz. Et ils avaient tous vu de la fumée sortir de notre cheminée alors que la maison était fermée, car celui qui avait frappé à notre porte, et à qui nous n'avions pas répondu, était allé raconter ça à tout le monde. Et ils étaient tous là, maintenant. Ils avaient compris que nous avions quelque chose de bon à manger et ils en voulaient leur part.

Le chef se mit à renifler.

— Comme ça sent bon ! Qu'est-ce que vous cuisinez ? demanda-t-il.

Je souris sans répondre. Le chef n'insista pas. Jiazhen l'invita à s'asseoir. Certaines personnes peu délicates se mirent en quête de nourriture, soulevèrent le couvercle de la poêle, fouillèrent le lit… Heureusement, cette fouille ne nous faisait pas peur car Jiazhen avait caché le reste du riz au creux de son estomac, sous ses vêtements. Cependant le chef ne pouvait pas tolérer cela plus longtemps.

— Mais qu'est-ce que vous faites ? Vous n'êtes pas chez vous ici ! s'exclama-t-il. Allez, sortez ! Sortez tous, espèce d'abrutis !

Après les avoir chassés, le chef alla fermer la porte. Puis, sans plus attendre, il s'approcha de nous.

— Fugui, Jiazhen, puisque vous avez de bonnes choses à manger, donnez-m'en donc un peu à goûter, nous dit-il.

Jiazhen et moi nous nous regardâmes. Le chef avait toujours été très gentil avec nous, il était difficile de lui refuser cette faveur. Jiazhen sortit une poignée de riz de son petit sac :

— Ce n'est pas beaucoup, chef, dit-elle en la lui tendant, mais tu pourras en faire une soupe.

— Ça suffira, ça suffira, répondit le chef.

Jiazhen lui glissa le riz dans la poche et, la main sur cette poche, le chef s'en alla, un grand sourire aux lèvres. Les larmes montèrent aux yeux de Jiazhen après son départ. Elle regrettait son cadeau. Quant à moi, je ne pouvais que soupirer.

Les jours passèrent et la nouvelle récolte de riz arriva. La production était déficitaire, mais nous avions quand même de quoi manger. Mais si la vie s'était améliorée, la santé de Jiazhen se dégradait de jour en jour. Elle pouvait à peine tenir debout. Elle avait beaucoup souffert de cette année de calamités naturelles mais elle ne se résignait pas à son état. Incapable d'aller travailler aux champs, elle voulait au moins s'occuper de la maison. En prenant appui contre le mur, elle allait ici et là donner des coups de balai ou des coups de chiffon. Un jour, elle tomba sans pouvoir se relever. Blessée au visage, elle resta par terre jusqu'à notre retour. Je la transportai sur le lit et, avec une serviette, Fengxia essuya les traces de sang de son visage.

— Tu ne descendras plus du lit, lui intimai-je.

— Je ne pensais pas que je ne pourrais plus me relever, m'expliqua Jiazhen.

Jiazhen était courageuse. Même en ces instants si durs, elle refusait de se plaindre. Pendant qu'elle gardait le lit, elle me demanda de lui apporter tous les vêtements déchirés.

— Je me sens rassurée quand j'ai un travail à faire, dit-elle.

En rassemblant des morceaux épars, elle réussit à avoir de quoi faire un vêtement pour Fengxia et un autre pour Youqin. Les deux enfants eurent l'impression qu'on leur offrait des vêtements neufs. J'appris plus tard que, pour y arriver, Jiazhen avait même décousu quelques-uns de ses propres vêtements. J'en fus très fâché, mais elle me répondit avec un sourire :

— Les affaires s'abîment vite lorsqu'on ne les porte pas. Je ne porterai sans doute plus ceux-là, et je ne voudrais pas qu'ils soient perdus.

Jiazhen voulut aussi coudre un vêtement pour moi. Mais elle fut bientôt si épuisée qu'elle avait de la difficulté à tenir son aiguille. Un soir, alors que Fengxia et Youqin dormaient et qu'elle cousait sous la lampe à huile, elle se sentit particulièrement mal. Elle était en sueur. Je l'avais priée plusieurs fois d'aller se coucher, mais elle me répondait toujours qu'elle allait bientôt finir. Son aiguille tomba par terre et elle essaya de la ramasser d'une main tremblante. Elle s'y reprit à plusieurs fois, sans y parvenir. Je la lui donnai, mais elle lui retomba des mains. Des larmes jaillirent de ses yeux. Depuis qu'elle était tombée malade, c'était la première fois que l'idée lui était venue qu'elle ne pourrait peut-être plus travailler.

— Que faire, si je deviens infirme ? se lamenta-t-elle.

J'essuyai ses larmes avec ma manche. Elle était si maigre que ses os saillaient sur son visage. Je lui assurai que tout cela était dû à la fatigue, que même des gens en bonne santé n'auraient pas pu en supporter autant. J'essayai de la consoler en lui disant que Fengxia était devenue grande maintenant, qu'elle gagnait plus de points de travail et qu'il ne fallait plus penser aux questions d'argent.

— Mais Youqin est encore un enfant, répliquait-elle.

Jiazhen ne cessa de pleurer ce soir-là.

— Si je meurs, me recommanda-t-elle à plusieurs reprises, il ne faudra pas m'envelopper dans un sac de lin. Ils sont pleins de nœuds que je n'arriverais pas à défaire dans l'autre monde. Un morceau d'étoffe propre me suffira, et il faudra me laver avant de m'enterrer.

Elle me dit aussi :

— Fengxia n'est plus une petite fille. Si on pouvait la marier, je serais tranquille dans l'autre monde. Youqin est encore un enfant, il risque encore de commettre quelques petites bêtises. Il ne faudra pas le battre, il suffira de lui faire peur.

Elle me faisait ses dernières recommandations avant sa mort. Je l'écoutais avec tristesse et affliction.

— Normalement, j'aurais dû mourir depuis longtemps, lui disais-je. Pendant la guerre, je suis resté vivant, alors que tant d'autres mouraient, parce que je me répétais tous les jours que je devais vivre si je voulais vous revoir. Tu ne vas pas regretter de nous avoir abandonnés ?

Jiazhen n'était pas restée indifférente à mes propos. Le lendemain matin, lorsque je me réveillai, elle me regarda et me dit à voix basse :

— Je ne veux pas mourir, Fugui. J'ai trop envie de vous voir encore.

Jiazhen avait gardé le lit plusieurs jours, sans faire le moindre travail. Petit à petit, ses forces lui revenaient. Quand elle put s'asseoir, ravie de ce progrès, elle voulut mettre le pied par terre. Je l'en empêchai.

— Ne t'épuise pas, lui dis-je. Tu dois ménager tes forces, la vie est encore longue.

Cette année-là, Youqin entra en cinquième année d'études primaires. Jiazhen étant gravement malade, j'espérais qu'il grandirait vite. Et comme c'était un élève plutôt médiocre, je pensais qu'au lieu d'aller à l'école secondaire, mieux valait qu'il travaille aux champs lorsqu'il aurait terminé ses études primaires. Mais un malheur ne vient jamais seul. La santé de Jiazhen commençait à peine à s'améliorer qu'il arriva un accident à Youqin.

Le proviseur de l'école de Youqin n'était autre que la femme du préfet du district. Or, un jour, elle perdit beaucoup de sang à l'hôpital où elle était en train d'accoucher. Mourante, on aurait dit qu'elle avait déjà posé le pied dans l'autre monde. Les professeurs de l'école rassemblèrent alors les élèves de cinquième année sur le terrain de sport pour leur demander d'aller donner leur sang à l'hôpital. Très heureux d'apprendre que leur sang était destiné à leur proviseur, certains des garçons retroussèrent tout de suite leurs manches, comme s'ils devaient se rendre à une grande fête. En sortant de l'école, Youqin se déchaussa et se mit à courir vers l'hôpital, ses chaussures à la main. Quelques élèves le suivirent. Il arriva le premier. Les autres, ceux qui avaient gagné l'hôpital sans courir, se mirent en rang.

— Je suis arrivé le premier, déclara Youqin, très satisfait, à un professeur.

Le professeur le sortit cependant du rang, en lui reprochant de ne pas avoir respecté la discipline. Mis de côté, Youqin ne pouvait que regarder ses camarades aller un à un se faire prélever du sang à fin d'analyse. Parmi la dizaine de ceux qui passèrent, personne n'était du même groupe sanguin que le proviseur. Ne voulant pas être le dernier appelé à donner son sang, Youqin s'approcha du professeur.

— Professeur, dit-il d'une voix craintive, je reconnais ma faute.

Le professeur hocha la tête et ne s'occupa plus de lui. Deux autres élèves allèrent se faire prélever du sang. A ce moment-là, un chirurgien, portant un masque sur la figure, sortit de la salle d'accouchement.

— Où est le sang ? Où est-il ? cria-t-il au responsable.

— Il n'y a personne avec le groupe sanguin nécessaire, répondit celui-ci.

— Dépêchez-vous ! continua à crier le chirurgien. Son cœur ne va pas tenir très longtemps.

Youqin s'approcha de nouveau du professeur.

— Ce n'est pas mon tour ? demanda-t-il.

Le professeur le regarda.

— Vas-y, dit-il avec un geste de la main.

L'analyse fit apparaître que Youqin avait le groupe sanguin qui convenait. Il en fut enchanté.

— Je vais donner mon sang ! cria-t-il devant tout le monde.

En général, on peut donner de son sang à quelqu'un sans la moindre conséquence. Mais pour sauver la vie de la femme du préfet, on en préleva trop à mon fils. Youqin fit des efforts pour le supporter, mais il avait le visage blanc comme un linge. Ses lèvres étaient devenues grises lorsqu'il se décida à parler.

— J'ai la tête qui tourne, déclara-t-il d'une voix tremblante.

— C'est normal, répondit celui qui lui faisait la prise de sang.

Youqin était déjà très mal en point à ce moment-là. Cependant, un médecin sortit de la salle d'accouchement pour se plaindre qu'on manquait encore de sang. L'homme qui faisait le prélèvement – un véritable salaud, une canaille – continua à prendre du sang à mon fils, alors que celui-ci avait déjà les lèvres toutes grises. Il n'arrêta qu'au moment où Youqin s'écroula, évanoui. Pris de panique, il appela un médecin qui s'accroupit pour l'ausculter.

— Son cœur ne bat plus, déclara-t-il.

Mais il se contenta d'injurier le responsable du prélèvement.

— Imbécile ! Tu fais n'importe quoi !

Et là-dessus, il s'empressa d'aller sauver la vie de la femme du préfet.

Au crépuscule, alors que nous travaillions encore dans les champs, un camarade de Youqin, qui habitait un village voisin, courut vers nous.

— Qui est le père de Xu Youqin ? demanda-t-il en criant à tue-tête.

Mon cœur se serra. Etait-il arrivé quelque chose à mon fils ?

— Qui est sa mère ? cria-t-il de nouveau.

— Je suis son père, répondis-je précipitamment.

Il me regarda et s'essuya le nez.

— C'est vrai, vous êtes venu dans notre classe, remarqua-t-il.

J'étais transi de peur.

— Xu Youqin est en train de mourir à l'hôpital, reprit-il enfin.

Tout à coup, ma vue se brouilla.

— Qu'est-ce que tu dis ? demandai-je.

— Allez vite à l'hôpital, Xu Youqin est en train de mourir, répéta le garçon.

Je lâchai ma houe et me mis à courir vers la ville. Bouleversé, je ne savais plus où j'en étais. "A midi, quand il est parti pour l'école, Youqin allait très bien, et maintenant on me dit qu'il va mourir…" J'avais l'impression que ma tête allait éclater. Arrivé à l'hôpital, j'arrêtai le premier médecin que je rencontrai.

— Où est mon fils ?

Le médecin me regarda.

— Comment puis-je savoir qui est votre fils ? me répondit-il avec un sourire.

Surpris, je me dis qu'il s'agissait peut-être d'une erreur.

— On m'a dit que mon fils était en train de mourir et que je devais venir ici…

Le médecin, qui était prêt à partir, s'arrêta et me regarda de nouveau.

— Comment s'appelle votre fils ?

— Il s'appelle Youqin, répondis-je.

— Allez vous renseigner là-bas, dit-il en pointant le doigt sur le bout du couloir.

J'entrai dans une salle, où un médecin était en train d'écrire quelque chose. Je m'approchai de lui, le cœur serré.

— Docteur, est-ce que mon fils est toujours en vie ?

Il leva la tête et me regarda un bon moment.

— Vous voulez parler de Xu Youqin ? me demanda-t-il enfin.

Je hochai la tête.

— Combien de fils avez-vous ?

Tout à coup, je me mis à trembler, les jambes en coton.

— Je n'en ai qu'un, répondis-je. Faites une bonne action, je vous en prie, essayez de sauver la vie de mon fils.

Le médecin fit un signe de la tête pour me signifier qu'il m'avait bien entendu.

— Pourquoi n'avez-vous qu'un seul fils ?

Qu'aurais-je pu lui répondre ? J'étais mort d'inquiétude.

— Est-ce que mon fils est toujours en vie ? demandai-je.

— Il est mort, répondit-il en secouant la tête.

Ma vue se brouilla, instantanément. Je ne voyais plus rien. Dans ma tête, c'était l'obscurité totale. Des larmes coulaient sur mon visage.

— Où est mon fils ? demandai-je au bout d'un bon moment.

Youqin était étendu sur un lit de brique, tout seul dans une petite salle. Il faisait encore jour. Allongé là,

Youqin paraissait tout petit, tout maigre dans le vêtement que Jiazhen venait de lui faire. Il avait les yeux et les lèvres bien fermés. Je l'appelai plusieurs fois, mais il demeura immobile. C'est alors que je me rendis compte qu'il était vraiment mort. Je le pris dans mes bras. Son corps était tout raide. Je n'arrivais pas à comprendre comment il pouvait être mort, alors qu'à midi il était encore plein de vie. Il devait s'agir de deux personnes différentes…

Je regardai Youqin, je touchai ses épaules toutes maigres… c'était bien mon fils. Je pleurais à gros sanglots. Le professeur d'éducation physique de Youqin entra dans la salle sans que je m'en aperçoive. Il avait, lui aussi, les larmes aux yeux.

— C'est incroyable, incroyable… répéta-t-il.

Il s'assit à côté de moi. Nous pleurions tous les deux, face à face. Je caressais les joues de Youqin. Il faisait de même. Je me levai enfin car je voulais savoir comment mon fils avait trouvé la mort. Quand j'appris, en me renseignant auprès du professeur, que le prélèvement sanguin en était la cause, une envie de meurtre me saisit. Je me précipitai dans la première salle venue, attrapai un médecin et, sans me soucier de savoir qui il était, je lui envoyai un coup de poing en pleine figure. Le médecin tomba par terre et se mit à pousser des cris de douleur.

— Vous avez tué mon fils ! hurlai-je.

J'allais le frapper de nouveau quand quelqu'un me saisit à bras-le-corps. Je tournai la tête. C'était le professeur d'éducation physique.

— Lâchez-moi ! lui dis-je.

— Ne faites pas de bêtises, me conseilla-t-il.

— Je veux le tuer !

Mais je n'arrivais pas à me débarrasser du professeur.

— Vous avez toujours été très gentil pour Youqin, alors lâchez-moi, je vous en prie ! le suppliai-je en pleurant.

Mais j'avais beau lui donner des coups de coude, il ne me lâchait pas. Le médecin en avait profité pour prendre la fuite. Une foule de gens nous entourait.

— Lâchez-moi, je vous en prie ! répétai-je, car je venais d'apercevoir deux médecins dans la foule.

Le professeur était très costaud. Indifférent à mes coups de coude, il me tenait si serré que je ne pouvais plus bouger.

— Il ne faut pas faire de bêtises ! me disait-il sans cesse.

Un homme vêtu d'un costume Mao arriva sur ces entrefaites et il lui ordonna de me lâcher.

— Est-ce que vous êtes le père de Xu Youqin ? me demanda-t-il.

Je ne lui prêtai aucune attention. Enfin libéré, je me ruai sur un médecin, qui prit la fuite. Quand j'entendis derrière moi quelqu'un appeler l'homme en costume Mao "préfet", je compris que c'était sa femme qui avait enlevé la vie à mon fils. Je lui donnai aussitôt un coup de pied dans le ventre. Le préfet tomba par terre avec un cri. Le professeur m'attrapa de nouveau à bras-le-corps.

— C'est le préfet Liu, déclara-t-il très haut.

— Je veux le tuer !

— C'est toi, Fugui ? me demanda brusquement le préfet alors que j'allais lui allonger encore un coup de pied.

— Je te tuerai !

— Fugui, lève-toi. C'est moi, Chunsheng.

Frappé de stupeur, je le dévisageai avec attention et, en effet, il lui ressemblait de plus en plus.

— C'est vrai, c'est bien toi, Chunsheng…

Il s'approcha de moi et me dévisagea à son tour.

— C'est bien toi, Fugui, déclara-t-il.

En reconnaissant Chunsheng, ma colère était un peu tombée.

— Tu as l'air plus grand, Chunsheng, et beaucoup moins maigre, lui dis-je en pleurant.

— Je te croyais mort, Fugui répliqua-t-il, les larmes aux yeux.

— Tu vois, je suis toujours vivant.

— J'ai vraiment cru que tu étais mort, comme Lao Quan.

En pensant à Lao Quan, nous nous remîmes à pleurer de plus belle.

— Tu as fini par trouver des galettes ? lui demandai-je enfin.

— Non, répondit-il en essuyant ses larmes. Tu te souviens encore de cette histoire ? J'ai été capturé presque tout de suite après.

— Tu as pu manger des petits pains à la vapeur ?

— Oui, j'en ai mangé.

— Moi aussi !

Là-dessus, nous éclatâmes de rire tous les deux. Mais je me remis aussitôt à pleurer, la tête dans les mains, en pensant à mon fils. Chunsheng me prit par les épaules.

— Mon fils est mort, Chunsheng, et je n'en avais qu'un...

— Je n'arrive pas à croire que ce soit ton fils, me répondit-il en soupirant.

Une douleur insupportable m'assaillit à l'idée que Youqin était là-bas, étendu tout seul dans une salle.

— Il faut que j'aille le voir, dis-je à Chunsheng.

Je n'avais plus envie de tuer qui que ce fût. L'arrivée inopinée de Chunsheng m'avait calmé. Mais avant de partir je lui lançai un message :

— Tu me dois une vie, Chunsheng. Tu me la rendras dans ta vie future.

Ce soir-là, je rentrai au village avec Youqin dans mes bras. Je marchais, je m'arrêtais, je repartais... Quand j'avais les bras fatigués, je mettais Youqin sur mon dos. Mais ne le voyant plus, j'étais saisi de panique et je le reprenais dans mes bras. Plus j'approchais du village, plus j'avais de peine à avancer. Comment allais-je annoncer ça à Jiazhen ? Elle qui était déjà gravement malade, comment pourrait-elle survivre à la mort de son fils ? Je m'assis à la lisière d'un champ, Youqin sur mes genoux. Que faire pour Jiazhen ? Après avoir réfléchi, je décidai qu'il valait mieux lui cacher la nouvelle pour le moment. Je déposai Youqin sur le sentier, rentrai à la maison et, discrètement, en repartis avec une houe. Reprenant Youqin dans mes bras, j'allai creuser une fosse là où se trouvaient déjà les tombes de mes parents.

Je souffrais beaucoup à l'idée qu'il me fallait enterrer mon fils. Assis devant la tombe de mes parents, je tenais Youqin serré dans mes bras. Son visage, qui reposait sur mon cou, était aussi froid qu'un morceau de glace. Un vent nocturne soufflait. Les feuilles des arbres murmuraient au-dessus de ma tête. Le corps de Youqin était mouillé de rosée.

Je l'avais vu à midi, courant vers l'école, avec son cartable qui se balançait dans son dos. Cette image ne me quittait pas. Et maintenant, il ne pouvait plus parler, il ne pouvait plus courir, ses chaussures à la main. Je me sentais si malheureux que je n'arrivais même plus à pleurer.

Je me retrouvai assis au même endroit, alors que le jour allait se lever. Je ne pouvais plus tarder. J'enlevai ma veste pour en envelopper mon fils et je le déposai dans la fosse. Mes manches lui couvraient le visage.

— Youqin va vous rejoindre, prenez soin de lui, dis-je devant la tombe de mes parents. Puisque je l'ai mal traité de son vivant, il faut que vous l'aimiez encore davantage.

Allongé dans la fosse, Youqin paraissait aussi petit qu'un nouveau-né. On n'aurait jamais dit qu'il avait vécu treize ans. Je comblai la fosse en me servant de mes mains. De crainte que les cailloux ne le blessent, je les extrayais de la terre. L'aube se leva aussitôt après. Je rentrai lentement à la maison, en tournant la tête à chaque pas. A l'idée que je ne verrais plus mon fils, j'arrivai en pleurs à la maison. De peur que Jiazhen ne m'entende, je restai dehors, accroupi, la bouche fermée. Je restai dans cette position jusqu'au moment où j'entendis des cris appelant les paysans au travail. Fengxia me regarda entrer, les yeux ronds. Elle ne pouvait pas savoir que son frère était mort puisqu'elle n'avait pas pu percevoir les propos du camarade de Youqin.

De son lit, Jiazhen m'appela.

— Youqin a été hospitalisé, lui dis-je. Il ne va pas bien.

Elle parut me croire.

— Qu'est-ce qu'il a ? demanda-t-elle.

— Je ne sais pas exactement. Il s'est évanoui en classe et on l'a transporté à l'hôpital. Le médecin dit qu'il faudra du temps pour le guérir.

— Il était trop fatigué. C'est à cause de moi, me répondit-elle, en larmes.

— Non, ce n'est pas dû à la fatigue, lui assurai-je.

— Tiens, tu as les yeux tout gonflés, remarqua-t-elle soudain.

— C'est normal, répondis-je en hochant la tête. Je n'ai pas dormi de la nuit.

Je sortis précipitamment. Si je continuais à parler avec Jiazhen, je craignais de ne plus pouvoir me maîtriser.

Les jours suivants, je travaillai au champ dans la journée et, le soir venu, je prétendais aller voir Youqin à l'hôpital. Je partais lentement vers la ville, faisais demi-tour à la tombée de la nuit et allais m'asseoir devant la tombe de Youqin. On ne voyait rien, l'obscurité était totale, le vent me soufflait au visage, et je parlais à mon fils qui n'était plus de ce monde. Ma voix planait dans le vent, comme si elle avait été émise par quelqu'un d'autre. Je restais ainsi jusqu'à minuit.

Les premiers jours, Jiazhen m'attendait pour me demander des nouvelles de Youqin. Je lui racontais n'importe quoi pour lui dissimuler la vérité. Quelques jours plus tard, elle était déjà endormie lorsque je rentrais. Je savais bien que ce n'était pas une solution de continuer à mentir, je ne faisais que gagner du temps, mais je ne pouvais pas faire autrement. L'essentiel c'était d'éviter à Jiazhen de souffrir.

Un soir qu'elle dormait, je m'assis à côté d'elle en rentrant.

— Je ne vais plus vivre longtemps, Fugui, me dit-elle brusquement.

Mon cœur se serra aussitôt. Je lui caressai la joue.

— Il faudra que tu t'occupes de Fengxia, poursuivit-elle. Je me fais énormément de souci pour elle.

Jiazhen ne parla pas de Youqin. Extrêmement troublé, je n'arrivai pas à trouver une seule parole de consolation.

Le lendemain, au crépuscule, je prétendis comme d'habitude aller voir Youqin en ville. Mais Jiazhen m'empêcha de partir en me demandant de la prendre sur mon dos pour lui faire faire un tour dans le village. Ce fut Fengxia qui l'installa sur mon dos. Jiazhen était d'une terrible maigreur, et de moins en moins lourde.

— J'ai envie d'aller à l'ouest du village, déclara Jiazhen dès que nous nous retrouvâmes hors de la maison.

170

C'était là que Youqin était enterré. "D'accord", répondis-je, alors que mes jambes se refusaient à avancer dans cette direction. Je marchai, marchai… et nous arrivâmes à l'extrémité est du village.

— Fugui, ne me cache plus la vérité, dit Jiazhen d'une voix faible. Je sais que Youqin est mort.

En l'entendant, mes jambes faillirent se dérober sous moi. Mon cou était de plus en plus mouillé des larmes de Jiazhen.

— Je veux voir Youqin, poursuivit Jiazhen.

Puisqu'il était devenu inutile de mentir, je me dirigeai vers l'ouest avec Jiazhen sur mon dos.

— Je t'entendais rentrer tous les soirs par l'ouest du village, continua-t-elle d'une voix toujours aussi faible. Alors j'ai compris que Youqin était mort.

Nous arrivâmes devant sa tombe. Dès qu'elle eut mis pied à terre, Jiazhen se jeta dessus et posa les mains sur elle, comme pour toucher son fils. Mais les forces lui manquaient. Elle ne parvenait à remuer que quelques doigts. La voir dans cet état me serrait le cœur au point que j'en étouffais. Je regrettais d'avoir enterré Youqin en son absence. Dire que Jiazhen n'avait même pas pu lui dire adieu !

Elle resta penchée sur sa tombe jusqu'à la tombée de la nuit. Craignant que la rosée nocturne ne nuise à sa santé, je l'emportai sur mon dos malgré elle. Jiazhen me demanda alors de la mener à l'entrée du village. Mon col était complètement trempé maintenant.

— Nous ne verrons plus Youqin courir sur ce chemin, me dit-elle en pleurant.

Sur cette route sinueuse qui menait à la ville, mon fils ne courrait plus jamais pieds nus…

Au clair de lune, la route semblait couverte de sel.

*

Je ne quittai pas ce vieux paysan de tout l'après-midi. Je n'avais pas du tout envie de partir lorsqu'il se disposa à se remettre à travailler avec son buffle. Ils s'étaient bien reposés tous les deux. Et moi, sous mon arbre, je veillais sur ce vieux comme une sentinelle.

En provenance de tous les champs environnants, les conversations des paysans flottaient dans le vent. Sur un sentier voisin, l'atmosphère était très gaie. Deux hommes robustes se mesuraient. C'était à qui aurait fini le premier le seau plein de thé qu'ils tenaient à la main. Une foule de jeunes les entourait. Comme ils n'étaient pas à la place des deux buveurs, ils pouvaient se permettre de pousser des cris de joie.

Du côté de Fugui, le calme régnait. Deux femmes, coiffées de serviettes, étaient en train de repiquer des plants de riz. Elles parlaient d'un homme que je ne connaissais pas, apparemment très énergique, et qui aurait gagné beaucoup d'argent. D'après ce qu'elles disaient, il allait souvent travailler en ville comme transporteur.

L'une des deux femmes se redressa et se donna de petites tapes dans le dos.

— Il dépense la moitié de ce qu'il gagne pour sa femme et l'autre moitié pour d'autres femmes, déclara-t-elle.

Fugui, qui passait justement devant elles, la main sur sa charrue, intervint.

— Il y a quatre principes dans la vie qu'un homme ne doit jamais oublier : ne pas dire de bêtises, ne pas se tromper de lit, ne pas se tromper de porte et ne pas mettre la main dans la poche d'autrui.

Il les avait dépassées, mais il se retourna pour ajouter :

— Eh bien, lui, il a oublié le deuxième principe.

Les deux femmes éclatèrent de rire. Satisfait, Fugui poussa un cri pour aiguillonner son animal.

— Ce sont nos quatre règles de conduite, me dit-il en voyant que je riais, moi aussi.

Plus tard, nous nous retrouvâmes de nouveau assis à l'ombre des arbres. Je lui demandai de continuer son récit. Emu, il me regarda comme si je lui faisais le plus beau des cadeaux. Que sa vie soit prise en considération par quelqu'un d'autre lui remplissait le cœur de joie.

*

Je ne pensais pas que Jiazhen pourrait survivre long-temps à Youqin. Vint un moment où elle me donna l'impression d'être au plus mal. Elle était allongée sur son lit et respirait avec peine, les yeux mi-clos. Elle n'avait plus d'appétit. A l'heure du repas, Fengxia et moi nous l'aidions à s'asseoir et nous la forcions à boire un peu de soupe de riz. N'ayant plus que la peau sur les os, elle avait l'air d'un fagot de petit bois mort.

Le chef était déjà venu deux fois chez nous. En voyant Jiazhen dans cet état, il secoua plusieurs fois la tête et m'attira dans un coin.

— Ça va très mal, j'en ai peur, me dit-il à voix basse.

Ses paroles m'arrachèrent le cœur. Il y avait à peine un mois que Youqin était mort et Jiazhen aussi risquait maintenant de s'en aller sous mes yeux. Avec deux de ses membres en moins, la vie de notre famille allait être extrêmement dure. Elle aurait tout d'une poêle cassée en deux.

Le chef m'avait promis de nous ramener un médecin et il tint parole. En rentrant d'une réunion organisée dans la commune, il vint nous voir avec un médecin, un homme petit et maigre, qui portait des lunettes. Celui-ci me demanda de quelle maladie souffrait Jiazhen.

— D'ostéomalacie, répondis-je.

Le médecin hocha la tête. Il s'assit à côté de Jiazhen et lui prit le poignet. Il essaya de lui parler mais elle ne faisait qu'écarquiller les yeux, incapable d'articuler un mot. Quant au médecin, il n'arrivait pas à trouver son pouls. Effrayé, il lui retourna les paupières. Puis il reprit son poignet d'une main et tâta son pouls de l'autre, la tête penchée comme s'il essayait d'entendre quelque chose.

— Son pouls est si faible que je le sens à peine, dit-il en se redressant. Tu ferais bien de penser à préparer les funérailles…

Ce sont là des paroles qui peuvent vous tuer. Je faillis m'écrouler.

— Combien de temps lui reste-t-il ? lui demandai-je lorsque nous nous retrouvâmes hors de la maison.

— Moins d'un mois, me répondit-il. Avec cette maladie, dès qu'on est complètement paralysé, les jours sont comptés.

Ce soir-là, je restai dehors pendant que Jiazhen et Fengxia dormaient. Tout le passé me revenait. Je me rappelais ceci, je me rappelais cela… Comme le temps était vite passé ! Jiazhen n'avait pas connu un seul jour de tranquillité depuis son mariage. Et voilà qu'en un clin d'œil, le moment était arrivé où elle devait nous quitter… "Il n'est plus temps de pleurer, me dis-je. Je dois m'employer à des choses concrètes. Il va falloir que je m'occupe des funérailles de Jiazhen."

Le chef avait du cœur. Me voyant dans cet état lamentable, il essaya de me consoler.

— Ne te fais pas tant de souci, tous les hommes sont mortels, Fugui. Il ne faut pas trop réfléchir. Tâchons de faire en sorte que Jiazhen parte tranquillement. Ensuite tu t'occuperas de choisir le terrain qui te convient pour y enterrer Jiazhen.

Je savais bien, moi aussi, qu'il ne fallait pas se faire tant de souci.

— Comme Jiazhen souhaite rester auprès de You-qin, il faudra l'enterrer au même endroit, dis-je.

Youqin, le pauvre, avait été enveloppé d'une simple veste avant d'être placé dans sa tombe. Je ne voulais pas qu'il en aille de même pour Jiazhen. Nous n'avions pas assez d'argent pour un cercueil, mais je tenais à ce qu'elle en ait un, sinon j'aurais eu mauvaise conscience. Si Jiazhen avait épousé quelqu'un d'autre que moi, elle n'aurait pas tant souffert, et elle n'aurait pas non plus contracté cette maladie. J'allai donc emprunter de l'argent de famille en famille. Mais comme tout le monde était très pauvre, je n'en récoltai pas assez. Pour compléter la somme, le chef m'accorda un prêt sur l'argent de la collectivité. Je fis venir alors un charpentier d'un village voisin.

Fengxia ignorait que sa mère allait s'en aller pour toujours. Dès que j'avais du temps libre, elle me voyait courir vers l'ancienne étable du village où le charpentier travaillait. J'y restais longtemps, et comme j'oubliais souvent l'heure du repas, Fengxia venait me chercher. Lorsque le bois prit forme et commença à ressembler à un cercueil, elle ouvrit de grands yeux et me demanda par gestes ce que c'était. Je lui dis qu'il s'agissait d'un cercueil, pensant qu'elle comprendrait.

Mais elle ne faisait que secouer la tête. Croyant avoir saisi ce qu'elle me demandait, je lui expliquai par gestes qu'il était destiné à sa mère, qu'il devait lui servir après sa mort. Mais Fengxia continuait à agiter la tête. Elle me tira par la manche jusqu'à la maison et, me tenant toujours, alla réveiller sa mère. Dès que celle-ci ouvrit ses yeux, Fengxia me secoua vivement le bras pour me montrer que sa mère était bien vivante. A la suite de quoi, elle fit un geste pour me signifier qu'il fallait détruire le cercueil.

Il n'était jamais venu à l'idée de Fengxia que sa mère pouvait mourir. Même la vue du cercueil ne l'avait pas convaincue. Il ne me restait plus qu'à baisser la tête, et je renonçai à faire un geste.

Jiazhen garda le lit plus de vingt jours. Tantôt elle se sentait mieux, tantôt elle pensait qu'elle allait vraiment mourir. Un soir, alors que j'allais éteindre la lampe, Jiazhen me tira brusquement par le bras pour m'empêcher de le faire et me demanda de la tourner vers moi. Sa voix était aussi faible que celle d'un moustique. Elle ne cessait pas de me regarder.

— Fugui ! m'appela-t-elle plusieurs fois.

Puis, elle ferma les yeux, le sourire aux lèvres. Quelques instants plus tard, elle le rouvrait.

— Est-ce que Fengxia dort bien ? me demanda-t-elle.

Je me levai et j'allai voir.

— Oui, elle dort, répondis-je.

Ce soir-là, Jiazhen parla beaucoup, à bâtons rompus. Elle ne s'endormit qu'une fois totalement épuisée. Quant à moi, troublé et inquiet, je n'arrivais pas à fermer l'œil. Elle donnait l'impression d'aller mieux, mais je craignais qu'il ne s'agisse des "dernières lueurs du soleil couchant", des derniers sursauts de l'agonie. Je posai la main sur elle mais la chaleur de son corps me rassura.

Le lendemain matin, je me levai sans la réveiller, car elle s'était endormie très tard la veille. Après avoir bu un peu de soupe de riz, Fengxia et moi nous nous rendîmes aux champs. Ce jour-là, le travail se termina plus tôt que d'habitude. En rentrant à la maison, nous fûmes très surpris de trouver Jiazhen assise dans son lit. Personne ne l'avait aidée à se redresser.

— J'ai faim, nous dit-elle. Fais-moi une soupe de riz, Fugui.

Je restai pétrifié, sans pouvoir dire un mot. Je n'aurais jamais cru que sa santé pouvait s'améliorer. Comme elle m'interpellait de nouveau, je retrouvai mes esprits.

— C'est grâce à toi, Fengxia, lui dis-je, oubliant même qu'elle ne pouvait pas m'entendre. Tu n'as jamais cessé de penser que ta mère ne pouvait pas mourir.

Quand l'appétit va, tout va. Quelques jours plus tard, Jiazhen pouvait déjà faire de la couture au lit. Si cela continuait de cette façon, elle serait bientôt capable de marcher. J'étais enfin un peu rassuré. Mais je commençais à peine à avoir l'esprit tranquille que c'est moi qui tombai malade. En réalité, je l'étais depuis longtemps. Seulement, obsédé comme je l'étais par la mort de Youqin et par l'état de santé de Jiazhen, je n'avais rien senti jusqu'ici.

Contrairement aux prévisions du médecin, Jiazhen allait de mieux en mieux tandis que moi, j'avais de plus en plus mal à la tête. Et un jour que je repiquais des plants de riz, je m'évanouis. On me transporta à la maison et je dus me rendre à l'évidence : j'étais malade.

Je fus obligé de garder le lit. Fengxia dut alors peiner davantage. Elle devait à la fois s'occuper de deux malades et continuer à travailler aux champs pour ne pas perdre de points. La voyant complètement épuisée, quelques jours plus tard je racontai à Jiazhen que je me sentais beaucoup mieux et, quoique encore malade, je repris le travail.

— Tu as les cheveux tout blancs, Fugui, me dirent les habitants du village, surpris.

— Ils étaient déjà comme ça, répliquai-je en souriant.

— Pas tout à fait. Avant, ils n'étaient qu'à moitié blancs. Ils sont devenus entièrement blancs en quelques jours.

J'avais beaucoup vieilli en très peu de temps. Je n'avais plus autant de force qu'avant. Quand je travaillais, j'avais des courbatures dans le dos et dans les reins. Après un brusque effort, j'étais instantanément couvert de sueur froide.

Chunsheng arriva un mois après la mort de Youqin. En fait, il ne s'appelait plus Liu "Chunsheng" ("Naître au printemps"), mais Liu "Jiefang" ("Libération"). Les gens l'appelaient "préfet Liu", et moi, je continuais à l'appeler "Chunsheng". Il m'avait raconté qu'après sa captivité, il s'était engagé dans l'Armée de Libération. Il avait fait la guerre jusque dans la province de Fujïan, puis il avait combattu en Corée. Il avait eu bien de la chance de survivre à toutes ces guerres. Après la Corée, il avait quitté l'armée pour aller travailler dans un district proche du nôtre, puis il avait été nommé préfet ici quelques mois auparavant.

Nous étions tous à la maison lorsque Chunsheng arriva.

— Le préfet Liu est venu te voir, Fugui, annonça le chef avant qu'il n'entre dans la maison.

— C'est Chunsheng qui vient nous voir, dis-je à Jiazhen.

— Sors d'ici ! lui cria-t-elle aussitôt, les larmes aux yeux.

Je fus frappé de stupeur.

— Tu ne peux pas parler comme ça au préfet Liu, lui reprocha le chef, consterné.

Mais Jiazhen s'en moquait complètement.

— Rends-moi mon fils ! continua-t-elle à crier.

— Pardonnez-moi, madame, dit Chunsheng, désolé. Je ne sais vraiment pas quelle excuse invoquer. Voici deux cents yuans*, je vous les donne pour vous exprimer ce que je ressens.

Jiazhen ne remarqua même pas que Chunsheng voulait lui donner de l'argent.

— Va-t'en, sors d'ici ! cria-t-elle encore.

Le chef se précipita vers elle.

— Tu mélanges vraiment tout, Jiazhen, dit le chef. La mort de Youqin a été un pur accident. Le préfet Liu n'y est pour rien.

Comme Jiazhen ne voulait pas de son argent, Chunsheng me le tendit.

— Prends-le, Fugui, je t'en prie, me dit-il.

Devant Jiazhen, je n'en eus pas le courage. Comme Chunsheng me le fourrait dans la main, Jiazhen tourna brusquement sa colère contre moi.

— C'est tout ce que vaut ton fils ? Deux cents yuans ? me demanda-t-elle très haut.

Je m'empressai de rendre l'argent à Chunsheng.

Après avoir été chassé de la maison, il revint encore deux fois, mais Jiazhen ne le laissa jamais franchir la porte. Les femmes ont souvent des idées fixes, et personne ne peut les faire changer d'avis lorsqu'elles en ont une en tête.

---

* Un yuan vaut actuellement à peu près 0,10 euro.

— Ne reviens plus, Chunsheng, lui dis-je en le raccompagnant jusqu'à la sortie du village.

Chunsheng hocha la tête et s'en alla. Il ne revint, des années plus tard, qu'au moment de la Révolution culturelle.

En ville, les gens faisaient la révolution. Les rues débordaient de monde, c'était le chaos total. Les gens ne passaient pas un jour sans se battre et il y avait parfois des morts. Les habitants du village n'osaient plus se rendre en ville. A la campagne, la vie était beaucoup plus calme. Tout se passait comme avant, sauf qu'on avait du mal à dormir en paix. Les ultimes directives du président Mao arrivaient toujours la nuit. Le chef sifflait alors de toutes ses forces et nous nous précipitions tous sur l'aire de battage pour écouter la radio.

— Allez ! criait le chef. Rassemblez-vous ! Le président Mao va nous faire des remontrances.

Nous étions des gens du peuple. Si les affaires de l'Etat ne nous intéressaient pas, c'est que nous n'y comprenions rien. Nous ne faisions qu'obéir au chef, et lui, il obéissait à ses supérieurs. Nous pensions, nous agissions en conformité avec les directives venues d'en haut. Mais ce qui nous préoccupait vraiment, c'était Fengxia. Celle-ci était en âge de se marier. Elle ressemblait beaucoup à sa mère jeune. Sans cette maladie qui l'avait rendue sourde et muette, le seuil de notre porte aurait été complètement usé par les entremetteuses.

J'avais de moins en moins de forces et, d'un autre côté, on ne pouvait guère espérer que Jiazhen guérisse jamais tout à fait. Nous avions déjà vécu bien des choses et maintenant nous étions aussi mûrs que des poires prêtes à tomber de l'arbre. Cependant, nous étions encore inquiets pour Fengxia qui, à la différence des autres, n'aurait personne pour s'occuper d'elle pendant sa vieillesse.

Quoique sourde et muette, Fengxia était une femme comme les autres et elle ne devait pas ignorer ce qu'était un mariage. Chaque année, on en célébrait quelques-uns au village. La plus grande gaieté régnait alors, tandis que résonnaient les gongs et les tambours. Sa houe à la main, Fengxia regardait le spectacle, tout interdite. Les jeunes étaient quelques-uns à se moquer d'elle et à la montrer du doigt.

Quand le troisième fils de la famille Wang se maria au village, tout le monde fut d'accord pour dire que la nouvelle épousée était très belle ce jour-là. Vêtue d'une veste ouatée toute rouge, elle ne cessa pas de rire lorsqu'on vint l'accueillir à l'entrée du village. Du champ où je travaillais, elle me parut rouge tout entière, avec notamment de ravissantes joues rouges.

Les paysans quittèrent les champs pour contempler le spectacle. Le nouveau marié sortit de sa poche un paquet de Cheval Volant et, très respectueusement, offrit une cigarette à tous les hommes d'âge.

— Et nous ! Et nous ! s'écrièrent quelques jeunes.

Avec un grand sourire, le nouveau marié remit le reste de ses cigarettes dans sa poche. Les jeunes se précipitèrent sur lui pour les lui arracher.

— Puisque tu vas avoir une femme dans ton lit, tu peux bien nous offrir une cigarette ! s'exclamèrent-ils.

Le jeune marié maintenait fermement la main sur sa poche, mais ils lui écartèrent les doigts et réussirent à extraire ses cigarettes. Après quoi, un des jeunes se mit à courir en brandissant le paquet, suivi par tous les autres.

La nouvelle mariée était également entourée de quelques jeunes gens. Ils riaient aux éclats, ayant sans doute tenu des propos qui n'étaient pas destinés à de chastes oreilles. La mariée souriait, tête baissée. Le jour de leur mariage, quoi qu'on ait pu leur dire, les femmes se sentent toujours heureuses.

Fengxia demeura interdite devant ce spectacle. Elle resta immobile dans son champ, sa houe dans les bras. Je la regardais avec tristesse. Il faut la laisser en profiter, pensai-je. Etant donné son malheureux destin, Fengxia ne pourrait sans doute jamais assister qu'au mariage des autres.

A ma grande surprise, non contente de le contempler de loin, elle finit par s'approcher du spectacle. Quelques jeunes se mirent alors à se moquer d'elle. Marchant à côté de la mariée, si belle et habillée de couleurs vives, Fengxia leur paraissait ridicule avec son vêtement tout rapiécé. "Qu'y a-t-il de honteux à cela ?" me dis-je. Sans se mettre de poudre, Fengxia avait les joues aussi rouges que celles de la mariée. Elle ne cessait de tourner la tête de son côté.

— Fengxia commence à penser aux hommes ! s'écrièrent en riant quelques jeunes gens.

Ces propos étaient encore supportables. Mais peu après, ils devinrent franchement désagréables.

— Fengxia a trouvé ton lit à son goût, dit l'un d'eux à la nouvelle mariée.

Lorsque Fengxia passa devant elle, la mariée s'arrêta de rire. Ma fille commençait à lui porter sur les nerfs.

— Tu viens de faire une affaire très rentable, fit remarquer quelqu'un au nouveau marié. Tu obtiens d'un coup deux femmes en mariage. Tu pourras en mettre une dessous et l'autre dessus.

Le marié éclata de rire. Mais la mariée, poussée à bout, ne se souciait plus de bienséance ni de retenue.

— Qu'est-ce qui te fait rire ? cria-t-elle à son mari, la tête haute.

Incapable d'en supporter plus, j'intervins :

— Ce n'est pas un comportement admissible, leur dis-je. Si vous tenez absolument à vous attaquer à quelqu'un, je suis à votre disposition. Mais vous n'avez pas le droit de vous moquer d'un être comme Fengxia.

Et là-dessus, j'entraînai Fengxia vers la maison. Mais comme elle était très intelligente, dès qu'elle vit ma mine elle comprit ce qui s'était passé. Elle me suivit, tête basse, les larmes aux yeux.

Nous décidâmes, Jiazhen et moi, qu'il fallait absolument la marier. De toute façon, nous allions mourir avant elle et elle serait alors en mesure de s'occuper de nos funérailles. Quant à elle, si elle continuait à vivre seule, à sa mort, elle n'aurait personne.

Mais qui pourrait bien vouloir l'épouser ? De l'avis de Jiazhen, il fallait en parler au chef qui connaissait beaucoup de monde hors du village. En demandant autour de lui, il trouverait peut-être quelqu'un prêt à épouser notre fille. Je transmis donc au chef le message de Jiazhen.

— C'est vrai, il faut marier Fengxia, répondit-il. Seulement, ce n'est pas facile de trouver quelqu'un de convenable.

— Nous accepterons n'importe qui, même un infirme, pourvu qu'il l'épouse, lui affirmai-je.

Mais je regrettai d'avoir dit ça. Qu'est-ce qu'il manquait à Fengxia ? Elle ne pouvait pas parler, c'est tout. A mon retour, quand je fis part de mes propos à Jiazhen, elle en fut également très peinée. Elle resta silencieuse un grand moment et finit par pousser un profond soupir.

— A présent, on ne peut plus reculer, dit-elle.

Peu de temps après, alors que j'étais en train d'arroser d'excréments notre parcelle de terre, je vis arriver le chef.

— J'ai trouvé quelqu'un pour Fengxia, m'annonça-t-il. C'est un transporteur qui habite en ville et qui gagne beaucoup d'argent.

Comme il s'agissait d'un homme ayant une bonne situation sociale, je crus d'abord que le chef plaisantait.

— Ne me raconte pas d'histoires, chef.

— Je ne te raconte pas d'histoires. Il s'appelle Wan Erxi et il a la tête penchée de côté. Il ne peut pas la redresser tout à fait.

En apprenant que l'homme avait la tête penchée, je commençai à le croire.

— Demande-lui de venir voir Fengxia, lui répondis-je aussitôt, lui exprimant par là mon accord.

Après le départ du chef, je lâchai ma louche et me précipitai dans la maison.

— Jiazhen ! Jiazhen ! m'écriai-je.

En voyant la tête que je faisais, elle crut qu'il était arrivé un malheur.

— On a trouvé un homme pour Fengxia !

— Tu m'as vraiment fait peur, répondit-elle en poussant un soupir de soulagement.

— Il a ses deux jambes et ses deux bras, et en plus il habite en ville, poursuivis-je.

— Pourquoi veut-il épouser Fengxia, lui qui a une si bonne situation sociale ? me demanda-t-elle au bout d'un moment.

— Il a la tête penchée, expliquai-je.

Jiazhen se sentit enfin un peu rassurée. Le soir, elle me demanda de lui sortir son ancienne robe chinoise couleur cerise. Elle voulait en faire un vêtement pour sa fille.

— Il faut quand même qu'elle se fasse belle le jour où il viendra la voir, déclara Jiazhen.

Deux jours plus tard, Wan Erxi arrivait. Il avait vraiment la tête penchée. Pour me regarder, il levait l'épaule gauche, geste qui fit beaucoup rire Fengxia.

Wan Erxi portait un costume Mao tout propre. S'il n'avait pas eu la tête penchée sur l'épaule, on aurait pu le prendre pour un cadre de la ville. Il était arrivé, accompagné du chef, avec une bouteille d'alcool et un coupon de tissu fleuri à la main. Assise dans son lit, bien coiffée, Jiazhen portait des vêtements un peu vieux mais très propres. J'avais même posé une paire de chaussures de toile neuves par terre, à côté d'elle.

Fengxia, vêtue de couleur cerise, était assise près de sa mère, tête baissée. Jiazhen observait son gendre éventuel avec un grand sourire. Elle avait l'air heureux.

Wan Erxi posa la bouteille et le tissu sur la table, puis fit le tour de la maison, l'épaule levée. Je compris qu'il voulait se rendre compte de l'état dans lequel elle se trouvait.

— Chef, Erxi, asseyez-vous, leur dis-je.

Erxi répondit par une onomatopée et prit place sur un petit banc.

— Je ne vais pas rester, dit le chef. Erxi, voici Fengxia, son père et sa mère.

Fengxia avait les mains posées sur les genoux. Elle sourit au chef lorsqu'il la présenta, et à sa mère lorsque ce fut à son tour d'être présentée.

— Assieds-toi, chef, insista Jiazhen.

— Non, j'ai beaucoup de choses à faire, répondit-il. Je vous laisse.

Il se disposa à partir. Ne pouvant pas le retenir, je le raccompagnai et revins ensuite à la maison.

— Je suis confus de t'avoir fait faire des dépenses, dis-je à Erxi en montrant la bouteille d'alcool qu'il avait posée sur la table. Cela doit bien faire quelques dizaines d'années que je n'ai pas bu d'alcool.

Erxi émit encore un grognement. Il examinait toujours la maison, l'épaule levée. L'inquiétude me prit.

— Nous sommes assez pauvres, remarqua Jiazhen en souriant.

Erxi grogna de nouveau.

— Heureusement, nous avons un mouton et quelques poulets, poursuivit Jiazhen. Fugui et moi, nous avons décidé de les vendre pour constituer une dot à Fengxia.

Erxi grogna encore. Il m'était difficile de comprendre ce qui se passait dans sa tête. Il se rassit, mais se releva bientôt pour partir. Je me dis que ce mariage ne se ferait pas puisque, au lieu de regarder Fengxia, il avait passé son temps à inspecter la maison. Je jetai un coup d'œil à Jiazhen.

— Excuse-moi, dit-elle à Erxi, avec un sourire forcé. J'ai les jambes trop faibles pour descendre du lit.

Erxi hocha la tête et sortit de la maison.

— Tu ne veux pas remporter tes cadeaux ? lui demandai-je.

Il ne me répondit, comme toujours, que par onomatopées. Puis il regarda le toit de chaume et hocha encore une fois la tête avant de me quitter.

Rentré dans la maison, je m'assis sur un petit banc. En pensant à ce qui venait de se passer, la colère me prit.

— Il fait le difficile alors qu'il n'est même pas capable de lever la tête !

— On ne peut pas lui en vouloir, remarqua Jiazhen avec un soupir.

Fengxia comprit, à nos mines, que Erxi ne l'avait pas trouvée à son goût. Elle alla donc remettre ses vieux vêtements puis, sa houe à la main, elle partit travailler aux champs.

Le soir, le chef revint.

— Ça a marché ? demanda-t-il.

— Non, répondis-je en secouant la tête. Nous sommes trop pauvres, beaucoup trop pauvres.

Le lendemain, vers midi, alors que je labourais les champs, quelqu'un m'interpella :

— Regarde, Fugui, l'homme avec sa tête penchée. Il me semble que c'est le même que celui qui est déjà venu chez vous.

Je levai les yeux. Cinq ou six personnes arrivaient par la route en dodelinant de la tête, sauf celui qui marchait devant en pressant le pas, l'épaule levée. De loin, à ma grande surprise, je reconnus Erxi qui revenait.

— Il faut changer le chaume du toit. Et puis j'ai apporté une charrette de chaux pour blanchir le mur, me dit-il lorsqu'il arriva devant moi.

Dans la charrette, il y avait de la chaux, deux brosses pour chauler le mur et une petite table carrée où reposait une tête de cochon. Erxi avait encore deux bouteilles d'alcool à la main.

Je compris alors que ce n'était pas parce qu'il était déçu par notre misère, comme je l'avais imaginé, qu'il s'était livré à cet examen, la veille. Il avait même compris la destination de la meule de paille qui se trouvait devant la maison. J'envisageais en effet de remplacer le chaume du toit. Je n'attendais que la prochaine saison, moins chargée, pour demander à quelques amis de me donner un coup de main.

Accompagné de cinq personnes, Erxi était revenu ici avec de la viande et de l'alcool. C'était quelqu'un d'attentionné. En arrivant devant la maison, il se saisit de la tête de cochon et de la petite table carrée, et franchit la porte, comme s'il rentrait chez lui. Il déposa la tête de cochon sur notre table et alla mettre la petite table carrée sur les genoux de Jiazhen.

— Ce sera beaucoup plus pratique pour manger, lui dit-il.

Elle en fut émue aux larmes. Pas plus que moi, elle n'avait imaginé qu'il reviendrait, raison de plus avec cinq personnes pour changer le chaume, et qu'il fabriquerait la nuit même cette petite table pour elle.

— Tu as pensé à tout, Erxi, lui dit-elle pour le remercier.

Erxi et ses amis sortirent les meubles de la maison et mirent de la paille de riz sous un arbre. Après quoi, Erxi alla chercher Jiazhen et voulut la porter. Celle-ci l'écarta avec un sourire et m'appela :

— Fugui ! Qu'est-ce que tu attends ?

Je me précipitai pour la prendre sur mon dos.

— C'est à moi de porter ma femme. Plus tard, c'est Fengxia que tu porteras, dis-je à Erxi en souriant.

Celui-ci se mit à rire et Jiazhen me donna un petit coup. Je la fis asseoir sur la paille, contre l'arbre.

Erxi et ses amis délièrent le gros tas de paille pour en faire de petites bottes. Puis il monta sur le toit avec l'un d'eux, tandis que les quatre autres restaient en bas, et ils commencèrent à le débarrasser de son chaume. On voyait tout de suite qu'ils avaient l'habitude de ce genre de travaux. Erxi et son acolyte s'occupèrent ensuite de couvrir le toit, tandis que, d'en bas, les quatre autres leur lançaient les bottes à l'aide d'une perche en bambou.

Erxi n'était pas du tout gêné dans son travail par sa tête penchée. Quand les bottes arrivaient, il les attrapait en leur donnant un coup de pied. C'était une technique inconnue dans notre village.

A midi, ils avaient fini. Je leur avais préparé du thé et Fengxia fit le service. Elle courait de tous les côtés, très heureuse de la présence soudaine de tous ces hommes qui travaillaient pour la famille.

De nombreux habitants du village vinrent nous voir.

— Tu as vraiment beaucoup de chance, fit remarquer une femme à Jiazhen. C'est rare de voir un futur gendre se mettre déjà à travailler dans la maison.

Erxi descendit du toit.

— Repose-toi un peu, lui suggérai-je.

Il essuya son visage plein de sueur avec sa manche.

— Non, je ne suis pas trop fatigué, répondit-il.

Cela dit, il se mit à regarder autour de lui.

— Est-ce qu'elle appartient à notre famille ? demanda-t-il en désignant la parcelle de terre où nous faisions pousser des légumes.

— Oui, elle lui appartient, répondis-je.

Là-dessus, il alla chercher un couteau dans la maison et revint couper quelques légumes. En rentrant, il se mit en devoir de découper la tête de cochon. Je l'en écartai en le priant d'aller demander à Fengxia de s'en occuper, mais il me répondit de nouveau, en s'essuyant avec sa manche :

— Non, je ne suis pas trop fatigué.

Je sortis rejoindre Fengxia qui se trouvait près de Jiazhen, et la poussai pour qu'elle entre dans la maison. Gênée, elle se tourna vers sa mère, qui lui fit signe en souriant d'y aller. Fengxia obéit.

Jiazhen et moi, nous restâmes avec les amis de Erxi à boire du thé et à bavarder. J'entrai voir une fois ce qui se passait dans la maison. A mes yeux, Erxi et

Fengxia formaient déjà un couple, l'un s'occupant du feu, l'autre de la cuisine. Ils ne cessaient de se regarder, un grand sourire aux lèvres.

Jiazhen sourit aussi quand je sortis lui raconter tout ça. Un peu plus tard, je voulus y aller voir de nouveau mais cette fois-ci, Jiazhen me retint.

— Laisse-les, me dit-elle.

Après le déjeuner, Erxi et ses amis commencèrent à chauler le mur. Le lendemain, la chaux une fois séchée, le mur de terre devint tout blanc, comme ceux des maisons de briques de la ville.

Ils terminèrent leurs travaux de chaulage assez tôt.

— Vous restez dîner avant de partir ? proposai-je à Erxi.

— Non, merci, répondit-il, en levant l'épaule pour regarder Fengxia.

— Père, mère, quand est-ce que je pourrai l'épouser ? nous demanda-t-il à voix basse.

Qu'il nous ait appelés "père" et "mère" nous transporta de joie.

— Tu peux venir l'épouser quand tu voudras, répondis-je après avoir jeté un coup d'œil à Jiazhen. Je ne veux pas que tu fasses trop de dépenses, Erxi, continuai-je, mais comme Fengxia a été vraiment malheureuse, essaie d'amener beaucoup de monde. On va organiser une grande fête et tous les habitants du village viendront nous voir.

— J'ai compris, père, me répondit-il.

Ce soir-là, Fengxia passa son temps à caresser le tissu fleuri que Erxi nous avait offert. Elle le contemplait en souriant. Troublée, elle rougissait parfois en nous voyant rire. Visiblement, Erxi lui plaisait. Jiazhen et moi, nous étions très heureux pour elle.

— Erxi est quelqu'un d'honnête et c'est un homme de cœur, déclara Jiazhen. En lui confiant Fengxia, je me sens rassurée.

Nous vendîmes le mouton et les poulets et j'emmenai Fengxia en ville pour lui faire faire deux ensembles. Je lui achetai également une couverture, une cuvette et autres objets d'usage courant. Fengxia était enfin sur un pied d'égalité avec les autres filles du village. Comme le disait Jiazhen, nous n'avions pas le droit de la déshonorer.

Le jour où Erxi vint épouser Fengxia, on entendit de loin résonner les gongs et les tambours. Tout le monde se précipita à l'entrée du village. Erxi avait amené une bonne vingtaine de personnes, toutes vêtues du costume Mao. Si Erxi n'avait pas eu une fleur toute rouge sur la poitrine, on aurait pu le prendre pour un cadre important de la ville. La vingtaine de gongs et les deux gros tambours faisaient un bruit assourdissant. Mais le plus remarquable, c'était la charrette rouge et verte qui se trouvait au milieu du cortège, sur laquelle était perchée une chaise décorée de la même manière.

A l'entrée du village, Erxi ouvrit deux cartouches de Porte du Devant et offrit une cigarette à tous les hommes qui l'approchaient.

— Merci d'être venu, merci d'être venu, répétait-il sans arrêt.

Pour le mariage des autres filles du village, on n'avait jamais offert de meilleure marque de cigarettes que des Cheval Volant. Erxi, lui, allait jusqu'à donner parfois un paquet entier de Porte du Devant. Ce faste n'avait jamais eu d'égal au village. Ceux qui avaient eu droit à un paquet s'empressaient de le mettre dans leur poche. Ils n'arrêtaient pas ensuite de le tâter, comme s'ils craignaient qu'on ne vienne le leur enlever. Ils finissaient par en sortir une et à se la mettre à la bouche.

Derrière, les amis de Erxi frappaient de toutes leurs forces sur les gongs et les tambours, faisant un bruit étourdissant, et criant en même temps à tue-tête. De leurs poches toutes gonflées, ils sortaient des bonbons qu'ils lançaient aux jeunes femmes et aux enfants. J'étais stupéfait par ce déploiement de pompe. C'était bel et bien de l'argent qu'ils lançaient, pensais-je.

Arrivés devant notre maison, ils abandonnèrent leurs instruments pour entrer voir Fengxia. Les jeunes du village se mirent alors à frapper à leur place sur les gongs et les tambours. Ce jour-là, habillée d'un vêtement neuf, Fengxia était vraiment très belle. Moi, son père, je n'aurais jamais cru qu'elle pouvait être d'une telle beauté. Assise à côté du lit de Jiazhen, elle chercha des yeux Erxi parmi les nouveaux venus. Quand elle le vit, elle baissa aussitôt la tête.

— Pour une "tête penchée" comme lui, c'est vraiment de la chance, s'exclamèrent, devant Fengxia, les amis de Erxi.

Des années plus tard, lorsqu'une fille du village se mariait, les gens racontaient encore qu'aucun mariage n'avait été aussi fastueux que celui de Fengxia. Ce jour-là, quand elle sortit de la maison, Fengxia fut acclamée. Elle avait les joues rouges comme des tomates. Jamais autant de gens ne s'étaient rassemblés pour la voir. Tête baissée, elle restait là, ne sachant que faire. Erxi vint la prendre par la main et la conduisit jusqu'à la charrette. Elle jeta un coup d'œil sur la chaise qui s'y trouvait, ne sachant toujours pas quoi faire. Erxi, qui était plus petit qu'elle, la prit dans les bras et la hissa sur la charrette. Les spectateurs éclatèrent de rire. Et Fengxia aussi.

— Père, mère, je vais emmener Fengxia, nous dit Erxi.

Et il se mit à tirer lui-même la charrette. Fengxia se retourna brusquement et regarda autour d'elle, l'air inquiet. Visiblement, elle cherchait à nous apercevoir, Jiazhen et moi. En fait, j'étais juste à côté d'elle, avec Jiazhen sur mon dos. En nous voyant, elle se pencha vers nous, et nous contempla en pleurant. Cela me rappela l'année de ses treize ans, quand elle nous avait regardés de la même manière au moment de nous quitter pour une autre famille. J'avais aussi les larmes aux yeux. Mon col mouillé me fit comprendre que Jiazhen pleurait également. Mais maintenant c'était différent, nous fêtions son mariage.

— Jiazhen ! dis-je d'un ton joyeux. Aujourd'hui, tu ne dois pas pleurer. C'est une fête, un jour de bonheur !

Erxi était un homme sensible. Tout en tirant sa charrette, il ne cessait de se retourner pour regarder sa nouvelle épouse. Mais lorsqu'il remarqua que Fengxia pleurait, tournée vers nous, il s'arrêta, incapable de faire un pas de plus. Il resta là, penché vers nous lui aussi. Fengxia se mit à pleurer de plus belle, secouée tout entière. J'en avais le cœur serré d'émotion.

— Fengxia est ta femme à présent, dis-je tout haut à Erxi. Qu'attends-tu pour l'emmener ?

Après le départ de Fengxia, Jiazhen et moi nous nous sentîmes complètement perdus. Quand, autrefois, Fengxia entrait et sortait, cela n'avait pour nous rien d'extraordinaire. Mais maintenant, son absence pesait lourd. Il ne restait plus que Jiazhen et moi dans la maison. Nous ne cessions de nous regarder l'un l'autre, comme si, après plusieurs décennies de vie commune, nous en éprouvions soudain un plus grand besoin. C'était moins dur pour moi, car le travail aux champs m'empêchait momentanément de penser à Fengxia. Mais pour Jiazhen, c'était épouvantable. Confinée dans son lit toute la journée, elle ne pouvait rien faire d'autre. Comment aurait-elle pu se reposer tranquillement en l'absence de sa fille ? Autrefois, elle ne se plaignait jamais, mais maintenant elle prétendait avoir mal au dos, mal aux reins. De toute façon, comment aurait-elle pu se sentir bien alors qu'elle ne pouvait pas bouger de son lit ? Je pouvais imaginer ce qu'elle ressentait. C'était plus pénible que de travailler aux champs. C'est pourquoi, au crépuscule, je la prenais sur le dos pour lui faire faire le tour du village. Très chaleureux, les gens que nous rencontrions parlaient avec elle de ceci ou de cela, ce qui l'amusait beaucoup.

— Tu crois qu'ils rient de nous ? me chuchotait-elle à l'oreille.

— Je porte ma femme, qu'y a-t-il de risible à ça ? lui répondais-je.

Jiazhen éprouvait maintenant du plaisir à se remémorer certains événements du passé. Où qu'elle aille, il fallait qu'elle parle de sa fille et de son fils. Une fois, à l'entrée du village, elle se mit à me raconter mon retour à la maison. Ce jour-là, elle travaillait aux champs. Lorsqu'elle avait entendu quelqu'un appeler Fengxia et Youqin, elle avait levé la tête et m'avait aperçu. Elle avait d'abord eu du mal à me reconnaître. Jiazhen se mit à verser des larmes à ce souvenir.

— Tant que tu seras là, rien ne sera jamais catastrophique, déclara-t-elle pour finir.

Selon la coutume, Fengxia ne pouvait pas revenir à la maison avant un mois, et il en allait de même pour nous si nous voulions aller la voir en ville. Or, dix jours après, elle arrivait.

C'était le crépuscule et nous venions de dîner. Quelqu'un me cria du dehors :

— Fugui ! Va à l'entrée du village ! On a vu ta "tête penchée" de gendre là-bas !

J'eus du mal à le croire. Comme les gens du village savaient tous que Fengxia nous manquait énormément, je me demandai s'il ne s'agissait pas d'une plaisanterie.

— Ce n'est peut-être pas vrai. Nous n'en sommes qu'au dixième jour, dis-je à Jiazhen.

— Va vite voir quand même, répliqua-t-elle, impatiente.

Je courus jusqu'à l'entrée du village. A ma grande surprise, Erxi était là, l'épaule gauche levée, un paquet de biscuits à la main. Fengxia était avec lui. Ils marchaient tous les deux, joyeux, main dans la main, ce qui faisait beaucoup rire les habitants du village. A cette époque, il était très rare de voir un homme et une femme marcher en se tenant par la main.

— Erxi vient de la ville, c'est la mode là-bas, leur expliquai-je.

Jiazhen fut enchantée de les voir arriver. Elle ne se lassait pas de caresser les mains de sa fille, assise près d'elle, au bord du lit. Heureuse, elle déclarait que sa fille avait pris du poids. Mais peut-on vraiment grossir en l'espace de dix jours ?

— Nous n'avons rien préparé, nous ne nous attendions pas à votre visite, dis-je à Erxi pour m'excuser.

Erxi nous répondit en souriant qu'il ne l'avait pas prévue non plus. C'était Fengxia qui lui avait demandé de venir et il l'avait tout simplement suivie, sans penser à rien.

Puisque Fengxia était revenue chez nous dix jours après son mariage, je me mis, moi aussi, à faire fi des vieilles règles. Puisque Fengxia m'en priait, j'allais les voir fréquemment en ville. Mais moi aussi j'en avais envie. Je partais donc régulièrement pour la ville, comme dans ma jeunesse, mais pas pour me rendre au même endroit.

Avant de partir, j'allais couper quelques légumes dans notre parcelle de terre et, un panier à la main, je me mettais en route avec les chaussures neuves que Jiazhen m'avait confectionnées. Comme je les avais tachées de boue, un jour, en coupant mes légumes, Jiazhen voulut m'obliger à les nettoyer.

— Je suis vieux, je m'en fiche, répondis-je.

— Non, il ne faut pas dire ça, répliqua-t-elle. Vieux ou pas, un homme est un homme et il doit rester propre.

Elle avait raison. Pendant toutes ces années de maladie où elle avait été contrainte de garder le lit, elle avait toujours été bien coiffée. Je m'en allai donc habillé proprement, avec mon panier plein de légumes.

— Tu vas encore voir Fengxia ? me demandèrent les autres.

— Oui, bien sûr.

— "Tête penchée", ton gendre, n'a pas envie de te mettre dehors, à te voir arriver si souvent ?

— Erxi ne ferait jamais ça, répondis-je.

Fengxia avait fait la conquête de ses voisins. Ils lui faisaient toujours des compliments devant moi, ils la trouvaient intelligente et travailleuse. Elle balayait non seulement devant sa porte, mais aussi devant celle de ses voisins, allant parfois jusqu'à balayer la moitié de la rue. En la voyant pleine de sueur, les voisins lui tapaient sur l'épaule et la priaient de s'arrêter. Elle rentrait alors à la maison, le sourire aux lèvres.

Fengxia n'avait pas appris à tricoter chez nous. Nous étions trop pauvres pour avoir des pull-overs. Mais comme les voisines tricotaient souvent dehors, devant leur maison, Fengxia était restée souvent à les regarder, fascinée par ces mains habiles qui entrelaçaient la laine. Voyant le plaisir qu'elle y trouvait, ces femmes avaient fini par essayer de lui apprendre à tricoter. Elles avaient été stupéfaites par la rapidité de ses progrès. En l'espace de trois jours, Fengxia tricotait aussi vite qu'elles.

— Pauvre fille, quel malheur qu'elle soit sourde et muette, me disait-on.

Elles avaient toutes beaucoup de sympathie pour Fengxia, laquelle alla ensuite tricoter pour ses voisines dès qu'elle avait fini son ménage. De toutes celles qui habitaient notre rue, c'était Fengxia qui tricotait le mieux. On en profitait pour lui confier de la laine. C'était un travail un peu fatigant pour Fengxia, mais qui lui procurait un grand plaisir. Lorsqu'elle avait fini un pull, on lui en faisait compliment en levant le pouce, ce qui la faisait beaucoup rire.

En ville, les voisines de Fengxia ne me disaient que du bien d'elle. Je n'entendais que des compliments, et j'en étais très flatté.

— Les gens de la ville sont vraiment sympathiques, remarquai-je. Dans mon village, on me faisait rarement ce genre de compliments à propos de Fengxia.

Fengxia plaisait d'autant plus à tout le monde qu'elle était aimée de Erxi. Tout cela me rendait très heureux. Jiazhen me reprochait constamment de rester trop longtemps là-bas. Elle avait sans doute raison. Toute seule à la maison, elle attendait avec impatience que je lui rapporte des nouvelles de sa fille. Il était bien normal qu'elle s'énervât un peu.

— Je ne vois pas le temps passer quand je suis avec Fengxia, lui disais-je en guise d'excuse.

A chacun de mes retours, je devais rester un grand moment près de son lit pour tout lui raconter : ce que faisait Fengxia, chez elle ou dehors, la couleur de ses vêtements, dans quel état étaient les chaussures qu'elle lui avait faites. Jiazhen voulait tout savoir. Elle ne cessait de me poser des questions, et moi je continuais à parler, au point de n'avoir plus la moindre goutte de salive dans la bouche. Malgré tout, elle ne voulait pas me lâcher.

— Tu n'as pas oublié quelque chose ? me demandait-elle.

Et cela durait ainsi jusqu'à la tombée de la nuit. Les habitants du village étaient déjà couchés que nous n'avions pas encore mangé.

— Eh là, je dois préparer le dîner, disais-je.

— Parle-moi encore un peu de Fengxia, me répondait-elle en me retenant.

En réalité, je ne demandais qu'à parler de ma fille. J'en parlais non seulement à Jiazhen, mais à tous les habitants du village. A ceux-là, je disais que ma fille allait très bien, qu'elle plaisait à tout le monde en ville, qu'elle était intelligente et travailleuse et qu'elle tricotait plus vite que ses voisines. Mes propos ne plaisaient pas à tout le monde.

— C'est l'âge, Fugui, tu ne sais plus ce que tu dis, répliquaient-ils. En ville, les gens sont très méchants. Fengxia doit être très fatiguée par le travail qu'elle fait pour les autres, non ?

— Ce n'est pas du tout comme ça qu'il faut voir les choses, affirmais-je.

— Puisque Fengxia tricote pour ses voisines, elles devraient lui faire des cadeaux, continuaient-ils. Est-ce qu'elles lui en font ?

Les habitants du village étaient tellement mesquins qu'ils ne s'intéressaient qu'aux petits bénéfices. En ville, les femmes n'étaient pas du tout aussi méchantes qu'ils se l'imaginaient. Par deux fois, j'avais entendu l'une d'elles dire à Erxi :

— Va acheter un kilo de fils de laine, Erxi. Fengxia devrait avoir un pull, elle aussi.

Erxi ne répondait que par un sourire. Mon gendre était un homme honnête. Il lui restait quelques dettes à payer car, à ma demande, il avait dépensé beaucoup d'argent pour son mariage.

— Je lui achèterai de la laine, père, dès que j'aurai remboursé toutes mes dettes, me confia-t-il en privé.

La Révolution culturelle faisait rage en ville. Les murs étaient couverts de dazibaos. Ceux qui les placardaient étaient des paresseux. Ils ne se donnaient même pas la peine d'arracher les vieux pour coller les nouveaux. Ainsi superposés, les dazibaos finissaient par ressembler à des poches, tellement ils étaient gonflés. Erxi et Fengxia avaient leur porte entièrement couverte de slogans. Et on imprimait des citations du président Mao sur les objets d'usage courant. C'est ainsi que l'on pouvait lire sur un oreiller qu'"Il ne faut jamais oublier la lutte des classes", et sur un drap de lit qu'il faut "Naviguer dans les grandes tempêtes révolutionnaires". Erxi et Fengxia couchaient donc sur les citations du président Mao.

En ville, j'évitais les endroits trop fréquentés. Les bagarres étaient quotidiennes et je m'étais heurté plusieurs fois à des blessés, étalés par terre. Je comprenais maintenant pourquoi le chef de notre village ne participait plus aux réunions qui se déroulaient en ville. Et pourquoi il refusait toujours d'aller au district, aux réunions des cadres du troisième degré, malgré la carte d'invitation que lui dépêchait la commune.

— Cela me fait trop peur, nous avouait-il en privé. Il meurt des gens tous les jours, là-bas. Si je vais à ces réunions, je serai bon pour le cercueil.

Réfugié au village, le chef avait vécu quelques mois tranquilles. Mais un jour que tout le monde était aux champs, on vint sur place le chercher. De loin, nous vîmes flotter un drapeau rouge : un groupe de gardes rouges se dirigeait vers nous. Leur arrivée fit extrêmement peur au chef, qui se trouvait parmi nous. Il aurait voulu pouvoir se cacher.

— Est-ce moi qu'ils viennent chercher ? me demanda-t-il d'une voix tremblante.

Ils s'arrêtèrent devant nous. En tête du groupe se trouvait une fille.

— Pourquoi n'y a-t-il ici ni slogans, ni dazibaos ? cria-t-elle. Qui est votre chef ? Où est-il ?

Le chef posa sa houe et se dépêcha de se présenter devant elle.

— Camarade garde rouge, dit-il, plié en deux.

— Pourquoi n'y a-t-il ni slogans, ni dazibaos ici ? répéta la fille en balayant de la main tous les murs autour d'elle.

— Il y en a, répondit le chef. Il y a même deux slogans juste derrière ce bâtiment-là.

La fille avait tout au plus seize ou dix-sept ans, mais elle faisait preuve d'une belle arrogance. Elle se contenta de regarder le chef de travers.

— Allez, il faut écrire des slogans là-bas, dit-elle en montrant une maison à des gardes rouges qui avaient déjà un pot de peinture à la main.

Ils obéirent aussitôt et se mirent à courir vers la maison qu'elle leur avait désignée.

— Il faut convoquer un rassemblement général des habitants du village, ordonna la fille à notre chef.

Celui-ci s'empressa de sortir un sifflet de sa poche. Il siffla de toutes ses forces, et tous les paysans qui travaillaient aux champs convergèrent en hâte vers lui.

— Qui est l'ancien propriétaire de cette maison ? cria la fille à la foule.

Tout le monde me regarda. Je me mis à trembler sur mes jambes. Heureusement, le chef intervint pour me sauver :

— Il a été fusillé à la Libération, répondit-il.

— Y a-t-il ici d'anciens paysans riches ? demanda-t-elle.

— Il y en avait un, mais il a crevé il y a deux ans, répondit le chef.

Elle lança un coup d'œil au chef et se remit à crier :

— Y a-t-il ici un partisan du capitalisme ?

— Notre village est tout petit, répondit le chef. On n'y trouve pas de partisans du capitalisme.

Elle tendit le bras brusquement et montra le chef du doigt, lui touchant presque le nez.

— Qui es-tu ? lui demanda-t-elle.

— Je suis le chef, le chef de l'équipe de production, déclara-t-il, pris de peur.

— C'est toi ! cria la fille. C'est toi le partisan de la voie capitaliste au pouvoir.

— Non, non, je n'ai pas choisi cette voie, répliqua le chef, effrayé, en secouant la tête.

La fille n'en tint aucun compte. Tournée vers la foule, elle déclara bien haut :

— Il a gouverné ici par la terreur. Il vous a opprimés. Vous devez vous révolter contre lui. Vous devez lui casser les jambes.

Nous fûmes frappés de stupeur. Le chef jouissait d'une grande autorité auprès de nous. Quand il nous disait de faire ceci ou cela, nous lui obéissions au doigt et à l'œil. Jamais personne ne l'avait contredit. Et voilà qu'il s'inclinait devant ces enfants venus de la ville. Il les suppliait. Il disait des mots que même nous, nous aurions eu du mal à sortir.

— Allez, dites quelque chose, je vous en prie, nous demanda-t-il. Est-ce que je vous ai opprimés, moi ?

Nous regardâmes le chef, puis les gardes rouges.

— Le chef ne nous a pas opprimés, c'est un homme de bien, déclarèrent les gens les uns après les autres.

La fille nous observa, les sourcils froncés.

— Il est irrécupérable, dit-elle.

Là-dessus, elle fit un signe à ses camarades.

— Emmenez-le, ordonna-t-elle.

Deux gardes rouges saisirent le chef par les bras.

— Non, je ne veux pas aller en ville, sauvez-moi, mes amis ! hurla le chef. Je ne veux pas y aller, c'est le cercueil qui m'attend !

Mais il eut beau crier, on l'emmena, mains croisées dans le dos, plié en deux. Les gardes rouges se mirent en route en scandant des slogans révolutionnaires d'un air belliqueux. Effrayés, nous n'avions pas pu leur résister. Personne n'en avait eu l'audace.

Nous étions tous convaincus que le départ du chef présageait plus de mal que de bien. La situation était tout à fait chaotique en ville. Même si la mort lui était épargnée, on allait certainement lui casser une jambe ou un bras. Or, à notre grande surprise, il revint au village trois jours plus tard. Couvert de bleus, le visage tuméfié, il marchait péniblement. Des gens qui travaillaient aux champs l'aperçurent et se précipitèrent au-devant de lui.

— Chef ! crièrent-ils.

Le chef les regarda sans un mot, rentra directement chez lui, se coucha aussitôt et dormit pendant deux jours. Le troisième jour, il prit sa houe et partit travailler aux champs. Il avait le visage moins gonflé. Tout le monde l'entoura. On voulait savoir ceci ou cela, on lui demandait s'il avait encore mal quelque part.

— En fait, la douleur n'est pas ce qu'il y a de plus terrible, répondit-il. Ce qui est proprement insupportable, c'est que ces gens-là ne vous laissent pas dormir.

Les larmes lui montèrent aux yeux.

— Je suis vraiment déçu, poursuivit-il. Je vous ai toujours protégés comme mes propres enfants, et lorsqu'il m'est arrivé malheur, personne n'est venu à mon secours.

Ces propos étaient chargés d'un tel poids que nous n'avions même pas le courage de le regarder. Nous fûmes quand même soulagés d'apprendre qu'il n'avait reçu que des coups de poing et des coups de pied pendant ces trois jours.

Quant à Chunsheng, il souffrait énormément. Je n'avais pas su, jusque-là, qu'il avait joué de malchance, lui aussi. Un jour que j'étais venu voir Fengxia, j'aperçus un groupe de gens dans la rue, escortés par des gardes rouges, coiffés d'un bonnet d'âne et affublés d'une pancarte en bois sur la poitrine. On les obligeait à faire ainsi le tour de la ville. De prime abord, je ne leur avais pas prêté beaucoup d'attention. Mais lorsqu'ils passèrent devant moi, frappé de stupeur, je reconnus Chunsheng qui marchait en tête du cortège. Les yeux baissés, celui-ci ne m'avait pas vu. Mais tout à coup il leva la tête et cria :

— Vive le président Mao !

Quelques individus, brassard rouge au bras, se ruèrent sur lui à coups de poing et à coups de pied.

— Espèce de sale partisan du capitalisme ! Est-ce que c'est à toi de dire ça ?

Chunsheng se retrouva par terre, à plat ventre sur sa pancarte de bois. Il reçut alors un coup de pied tellement fort sur la tête qu'on avait l'impression qu'elle avait été transpercée. Evanoui, il n'avait même pas poussé un cri. Jamais je n'avais vu des gens frapper si fort. Couché par terre, Chunsheng se laissait faire, comme s'il était déjà mort. Mais il n'allait pas tarder à l'être s'ils continuaient comme ça. Je quittai la foule et allai saisir les deux gars par la manche.

— Arrêtez de le battre, je vous en prie…

Ils me repoussèrent si fort que je faillis tomber.

— Qui es-tu ? me demandèrent-ils.

— Arrêtez de le battre, je vous en prie, répétai-je.

— Est-ce que tu sais qui est ce type ? me demanda l'un d'eux en montrant Chunsheng du doigt. C'est l'ancien préfet du district, un partisan du capitalisme.

— Je me fiche bien de tout ça, je sais seulement que c'est Chunsheng, répondis-je.

Depuis qu'ils me parlaient, ils ne l'avaient plus frappé. Ils se mirent cependant à crier pour obliger Chunsheng à se relever tout seul. Mais comment aurait-il pu le faire, assommé comme il l'était ? Comme j'essayais de le soulever, il me reconnut.

— Va-t'en vite, Fugui, me dit-il.

Dès que je fus rentré, ce jour-là, je racontai à Jiazhen ce qui s'était passé. Celle-ci baissa la tête.

— Tu n'aurais jamais dû empêcher Chunsheng d'entrer dans la maison autrefois, lui dis-je.

Jiazhen ne répondit pas mais, au fond d'elle-même, elle pensait la même chose que moi.

Un mois plus tard, Chunsheng se présentait chez nous. Il arriva très tard et nous réveilla en frappant à la porte. J'ouvris et, au clair de lune, je le reconnus. Il avait les joues tuméfiées et toutes bouffies.

— Entre, Chunsheng, lui dis-je.

Il ne bougea pas.

— Madame va bien ? demanda-t-il.

— Jiazhen, c'est Chunsheng qui arrive !

Jiazhen ne répondit pas. Et sans son accord, Chunsheng ne serait jamais entré, même si j'avais insisté.

— Tu veux bien sortir, Fugui ? me demanda-t-il.

De nouveau, je m'adressai à Jiazhen.

— Jiazhen, c'est Chunsheng qui arrive ! répétai-je.

Comme elle ne répondait toujours pas, je pris un vêtement et nous allâmes dehors, sous un arbre.

— Je viens te dire au revoir, Fugui, m'annonça-t-il.

— Où vas-tu ? demandai-je.

— Je n'ai plus envie de vivre, me répondit-il, les dents serrées.

Stupéfait, je le saisis par le bras et j'essayai de le raisonner.

— Chunsheng, ne fais pas de bêtises. N'oublie pas que tu as une famille.

Il se mit à pleurer.

— Ils me ligotent, me suspendent et me battent tous les jours, Fugui. Regarde, touche ma main, me dit-il.

Je fus effrayé. Sa main était aussi brûlante que si on venait de la faire cuire.

— Ça te fait mal ?

— Non, je ne sens rien, répondit-il en secouant la tête.

— Assieds-toi, dis-je en faisant pression sur ses épaules. Ne fais surtout pas de bêtises. Les morts voudraient ressusciter, et toi, tu veux mourir ! Ce sont tes parents qui t'ont donné la vie. Si tu veux t'en défaire, il faut d'abord leur demander leur avis.

— Mes parents sont morts depuis longtemps, répondit-il en essuyant ses larmes.

— C'est bien pourquoi tu dois vivre, répliquai-je. Réfléchis, comment as-tu pu survivre à toutes ces guerres que tu as faites ?

Ce soir-là, Chunsheng et moi, nous avons beaucoup parlé. De son lit, Jiazhen avait tout entendu. A l'aube, Chunsheng se leva pour partir. J'avais l'impression de l'avoir convaincu qu'il ne devait pas mourir.

— Chunsheng ! cria Jiazhen.

Nous en fûmes très surpris. Chunsheng attendit qu'elle l'appelle une deuxième fois pour lui répondre. En arrivant à la porte, nous l'entendîmes qui disait :

— Tu dois continuer à vivre, Chunsheng.

Tandis qu'il hochait la tête, elle se mit à pleurer.

— N'oublie pas que tu nous dois toujours une vie, poursuivit-elle. Tu peux nous la rendre en continuant à vivre.

Après un moment de silence, Chunsheng répondit :

— J'ai compris.

Je l'accompagnai jusqu'à la sortie du village. Là, il me demanda de le laisser. Je le regardai s'éloigner. Blessé aux jambes, il marchait difficilement, en boitant.

— Il faut que tu me promettes de continuer à vivre, Chunsheng, lui dis-je, toujours inquiet pour lui.

Après avoir fait quelques pas, il tourna la tête.

— Je te le promets, me dit-il.

Il ne tint cependant pas sa promesse. Un mois plus tard, j'appris que le préfet Liu s'était pendu. Quand un homme a envie de mourir, même si la chance tourne, il ne peut plus continuer à vivre. Lorsque j'en informai Jiazhen, elle en fut peinée toute la journée.

— Au fond, Chunsheng n'était pas du tout responsable de la mort de Youqin, me déclara-t-elle au milieu de la nuit.

La pleine saison agricole arriva. J'étais trop occupé pour prendre le temps d'aller voir Fengxia en ville. C'était l'époque de la commune populaire. Les habitants du village travaillaient tous ensemble et partageaient tout, je n'avais donc aucun souci à me faire. Mais comme Jiazhen ne pouvait toujours pas quitter son lit, je devais non seulement travailler autant que les autres, mais aussi préparer les repas de Jiazhen. Tout cela m'épuisait. J'étais trop vieux. Si j'avais eu vingt ans de moins, une nuit de sommeil m'aurait suffi pour récupérer mes forces, mais maintenant je me sentais perpétuellement fatigué. J'avais du mal à lever les bras et, à l'abri des autres, je faisais semblant de travailler. Les gens du village comprenaient tous mes difficultés et ne me faisaient aucun reproche.

Fengxia vint passer deux jours à la maison. Pendant ce bref séjour, elle s'occupa de sa mère et du ménage. Cela me permit de reprendre souffle. Mais je n'avais pas le droit de retenir Fengxia plus longtemps. Une fille mariée est pareille à un seau dont on a versé l'eau. "Fengxia appartient désormais à Erxi", pensais-je. Après en avoir discuté avec Jiazhen, je décidai de la renvoyer chez elle. Fengxia fit toutes les difficultés pour partir. Je dus presque la faire sortir de force du village. Les gens se moquèrent de moi, prétendant qu'ils n'avaient jamais vu un père aussi dur. Et moi je me moquai d'eux également, car je n'avais jamais vu une fille qui aimât autant ses parents.

— On ne peut pas couper Fengxia en deux, leur dis-je. Ou elle prend soin de nous, ou elle s'occupe de mon gendre.

Quelques jours après son départ, Fengxia revint encore, mais avec son mari cette fois. Je les aperçus de loin, se dirigeant vers le village, main dans la main. Je les reconnus aussitôt car il me suffisait de voir un homme et une femme marcher en se tenant par la main pour savoir de qui il s'agissait, sans parler de Erxi et de sa tête penchée. Celui-ci apportait une bouteille de vin de riz et riait aux éclats. Fengxia riait aussi et avait, elle, un petit panier de bambou au bras. Avaient-ils un heureux événement à fêter ?

Arrivé à la maison, Erxi ferma la porte.

— Père, mère, ça y est, Fengxia attend un bébé, nous annonça-t-il.

Notre fille allait avoir un enfant ! Nous étions fous de joie. Erxi se réjouissait si bien avec nous qu'il en avait oublié sa bouteille de vin. Il finit par l'apporter à Jiazhen. Il la posa sur la petite table carrée qui se trouvait sur son lit et Fengxia sortit de son panier un bol de petits pois.

— Venez, on va tous se mettre sur le lit, dis-je, après être allé chercher quatre bols.

Fengxia s'assit auprès de sa mère, tandis que je m'installai à côté de Erxi. Erxi remplit mon bol de vin, puis celui de Jiazhen. Il voulut en verser aussi à Fengxia, qui secoua la tête et repoussa la bouteille.

— Tu dois boire aussi, aujourd'hui, lui fit-il remarquer.

Il me sembla que Fengxia, qui cessa de résister, avait compris ce que lui disait son mari. Nous levâmes nos bols. Fengxia avala une gorgée de vin et fit la grimace. Elle regarda sa mère qui faisait également la grimace, puis qui sourit. Erxi et moi, nous vidâmes nos bols d'un trait. Mais mon gendre, ému par le vin, avait les larmes aux yeux.

— Père, mère... Je n'aurais jamais cru que je pourrais être si heureux, nous dit-il.

Touchée, Jiazhen se mit à pleurer. J'en eus, moi aussi, les larmes aux yeux.

— Moi non plus je n'aurais jamais cru ça possible, répondis-je. Ce qui nous tracassait le plus, Jiazhen et moi, c'était le sort que connaîtrait Fengxia après notre mort. Grâce à votre mariage, maintenant nous sommes tout à fait rassurés. Ce sera encore mieux avec un enfant car ainsi, après sa mort, il y aura quelqu'un pour s'occuper de ses funérailles.

— Le comble du bonheur aurait été que Youqin soit encore en vie, remarqua Jiazhen. Il avait grandi auprès de Fengxia, ils étaient très liés tous les deux. Quel dommage qu'il ne soit pas là aujourd'hui...

— Cela aurait été aussi le comble du bonheur si mes parents étaient encore en vie, repartit Erxi. Ma mère, au moment de mourir, me serrait la main très fort, elle ne voulait pas me lâcher.

Ce moment d'émotion passé, Erxi reprit joyeusement :

— Père, mère, allez, mangez ces petits pois. C'est Fengxia qui les a préparés.

— Je mange, je mange, répondis-je. Mange, Jiazhen.

Jiazhen et moi nous nous regardâmes, soudain joyeux nous aussi. Quel bonheur ! Nous allions avoir un petit-fils... Fengxia et Erxi restèrent, ce jour-là, jusqu'à la tombée de la nuit, et nous passâmes sans arrêt de la tristesse à la gaieté.

Erxi aimait encore davantage Fengxia depuis qu'elle attendait un bébé. L'été, il y avait plein de moustiques chez eux. Comme ils n'avaient pas de moustiquaire, le soir Erxi allait s'allonger sur le lit pour nourrir les moustiques, laissant sa femme jouir de la fraîcheur de la rue. Lorsqu'elle venait le retrouver dans la chambre, il la remettait dehors, de peur que les moustiques ne la piquent.

Je tenais tous ces renseignements des voisines.

— Il faut que tu achètes une moustiquaire, disaient-elles à Erxi.

Il ne leur répondait que par un sourire.

— Tu sais, je ne serai pas tranquille tant que je n'aurai pas remboursé toutes mes dettes, me confia-t-il un jour.

J'étais très affligé de voir les piqûres qu'il avait sur tout le corps.

— Tout de même, tu ne devrais pas faire ça, lui dis-je.

— Moi, je suis seul, les moustiques ne peuvent pas tirer grand-chose de moi, déclara-t-il. Mais Fengxia c'est différent, elle porte un bébé.

Fengxia accoucha en hiver. Il neigeait beaucoup ce jour-là. On ne voyait rien par la fenêtre. Elle resta toute la nuit dans la salle d'accouchement. Erxi et moi, nous attendions à la porte, pleins d'inquiétude. Chaque fois qu'un médecin sortait, nous l'arrêtions pour lui poser des questions. S'il nous répondait que c'était en cours, cela atténuait un peu notre angoisse.

— Va dormir un peu, père, me dit Erxi à l'aube.

— Non, je suis trop inquiet pour dormir, lui dis-je en secouant la tête.

— Il faut que l'un de nous au moins se repose, insista-t-il. Après son accouchement, il faudra bien que quelqu'un s'occupe d'elle.

Je me rendis compte que Erxi avait raison.

— C'est vrai, Erxi, alors va dormir d'abord, dis-je aussitôt.

Chacun de nous se récusant à tour de rôle, finalement personne ne dormit. Il fit bientôt grand jour et Fengxia était toujours dans la salle d'accouchement. L'inquiétude nous tenailla de nouveau. Toutes les femmes qu'on avait fait entrer dans cette salle avant Fengxia étaient déjà sorties. Incapables de tenir en place, Erxi et moi nous allâmes écouter à la porte. Nous entendîmes une voix féminine, ce qui nous rassura.

— Ça doit être très pénible pour Fengxia, remarqua Erxi.

Mais aussitôt après, je me rendis compte que nous n'avions pas pu entendre la voix de Fengxia puisqu'elle ne parlait pas. Je le fis observer à Erxi, qui devint tout blanc et se précipita sur la porte de la salle d'accouchement.

— Fengxia ! Fengxia ! cria-t-il de toutes ses forces.

Un médecin apparut.

— Ne crie pas, va-t'en d'ici, lui ordonna-t-il.

— Pourquoi ma femme ne sort-elle toujours pas ? demanda Erxi, les larmes aux yeux.

— Il y a des femmes qui accouchent plus ou moins vite, nous expliqua quelqu'un.

Erxi et moi, nous nous regardâmes. Pensant que cette personne avait peut-être raison, nous nous rassîmes, le cœur serré. Peu de temps après, une femme, un médecin, sortit de la salle.

— Vous voulez garder la mère ou le bébé ? nous demanda-t-elle.

La question nous stupéfia.

— Eh bien, c'est à vous que je m'adresse, reprit-elle.

Brusquement, Erxi tomba à genoux devant elle.

— Docteur, sauve Fengxia ! Je veux Fengxia ! supplia-t-il en pleurant.

Je le relevai et le priai de se calmer, de ne pas se rendre malade.

— Tout ira bien tant que Fengxia sera saine et sauve, dis-je pour le consoler. Comme dit le proverbe : "Tant que la montagne n'aura pas disparu, nos foyers ne manqueront pas de bois."

— J'ai perdu mon fils, gémit-il.

Et moi, j'avais perdu mon petit-fils. Je me mis à pleurer. A midi, un médecin sortit de la salle.

— Ça y est, elle a accouché. C'est un garçon, annonça-t-il.

— Je n'ai pas dit que je voulais le bébé ! s'écria Erxi, fou de colère.

— La mère est saine et sauve, riposta le médecin.

Je faillis m'évanouir. J'étais vieux, ma santé ne me permettait plus de supporter des émotions pareilles. Transporté de joie, Erxi riait si fort qu'il en tremblait.

— Je suis enfin rassuré, lui dis-je. Je vais aller dormir un peu et je viendrai te remplacer ensuite.

Et c'est juste après mon départ qu'il arriva malheur à Fengxia. Quelques minutes plus tard, des médecins entraient en hâte dans la salle d'accouchement. On apporta une bouteille d'oxygène. Après avoir accouché, Fengxia avait fait une hémorragie. Au crépuscule, elle rendait son dernier soupir.

Mon fils et ma fille avaient tous les deux trouvé la mort à cause d'un accouchement. Youqin à cause de l'accouchement de quelqu'un d'autre, et Fengxia à cause du sien propre.

Il tombait d'énormes flocons de neige, ce jour-là. Après sa mort, on transporta Fengxia à la morgue. Il me fut impossible d'y entrer. C'était dans ce même endroit que s'était trouvé Youqin, dix ans auparavant. Je restai dehors, sous la neige, et j'entendis Erxi, à l'intérieur, qui ne cessait de crier : "Fengxia !" Le cœur brisé, je m'accroupis par terre. Des flocons de neige voltigeaient dans le ciel. Je ne voyais même plus la porte de la morgue, seuls les cris pitoyables de Erxi parvenaient jusqu'à mes oreilles. Je l'appelai à plusieurs reprises. Il me répondit enfin et vint à la porte.

— Ils m'ont donné le bébé alors que je voulais garder la mère ! me dit-il.

— Il faut rentrer à la maison, déclarai-je. Cet hôpital doit avoir une rancune à assouvir contre mes ancêtres, sinon Youqin et Fengxia ne seraient pas morts ici tous les deux. Il faut rentrer à la maison, Erxi.

Erxi m'obéit. Il prit sa femme sur le dos et nous nous mîmes en route tous les trois. Il faisait nuit. Les rues, couvertes de neige, étaient désertes. Un vent glacial soufflait. Les flocons de neige nous frappaient le visage comme des grains de sable. A force de pleurer, Erxi avait la voix enrouée.

— Je ne peux plus marcher, père, me dit-il après avoir fait un bout de chemin.

Je lui proposai de me charger de Fengxia mais il refusa, fit encore quelques pas et s'accroupit par terre.

— Je ne peux plus marcher, père, répéta-t-il. J'ai terriblement mal aux reins.

Il avait sans doute trop pleuré. Arrivé à la maison, Erxi allongea sa femme sur le lit et s'accroupit à côté d'elle. Il la regardait fixement, replié sur lui-même, tendu. Tout cela m'effrayait, sans compter les ombres de Erxi et de Fengxia, immenses, immobiles sur le mur, l'une couchée, l'autre accroupie. De petits points noirs glissaient entre ces ombres : c'était les larmes qui coulaient sur le visage de Erxi. Il faut qu'il boive pour se réchauffer, pensai-je. J'allai faire bouillir de l'eau. Lorsque je revins, la lampe était éteinte. Erxi et Fengxia dormaient.

Je restai à côté du fourneau jusqu'à l'aube. Le vent sifflait au-dehors. Il tombait de la grêle par moments. On aurait dit du sable qui venait frapper les fenêtres et la porte. Erxi et Fengxia dormaient. On n'entendait pas le moindre bruit dans leur chambre. Un vent glacial s'infiltrait dans la maison par les interstices de la porte. J'avais froid, j'avais mal aux genoux, je frissonnais, j'avais le cœur brisé. Mes deux enfants m'avaient quitté pour toujours. En y pensant, je n'arrivais même pas à pleurer. Et Jiazhen qui nous attendait à la maison… Elle m'avait répété bien des fois de rentrer dès que Fengxia aurait accouché. Elle était impatiente de savoir si c'était un garçon ou une fille. Mais maintenant, Fengxia était morte… Comment lui expliquer ça ?

218

Quand elle avait appris la mort de son fils, Jiazhen avait failli suivre Youqin dans la tombe. A présent, c'était sa fille qui venait de mourir avant elle. Comment pourrait-elle le supporter ?

Le lendemain, nous prîmes le chemin du village, Erxi portant Fengxia sur son dos. Il neigeait toujours. Le corps de Fengxia était tout blanc quand nous arrivâmes, comme couvert de coton. Jiazhen était assise dans son lit, les cheveux ébouriffés, la tête appuyée sur le mur. Je compris tout de suite qu'en ne me voyant pas rentrer pendant deux jours et deux nuits, elle avait pressenti un malheur. Les larmes me montèrent aux yeux et Erxi, qui avait cessé de pleurer, se remit à sangloter.

— Mère, mère… gémit-il.

Jiazhen regardait fixement sa fille qui se trouvait sur le dos de Erxi. J'aidai celui-ci à la déposer sur le lit, tandis que Jiazhen ne la quittait toujours pas du regard. Et ses yeux étaient tellement fixes qu'ils donnaient l'impression de vouloir sortir de leurs orbites. Je ne l'avais jamais vue dans un état pareil. Elle ne versait pas une larme, elle ne faisait que regarder Fengxia, en lui caressant les joues et les cheveux. Erxi était accroupi par terre, la tête contre le lit. Je n'arrivais pas à imaginer ce que Jiazhen allait devenir. Ce jour-là, elle ne pleura pas, elle ne cria pas. Par moments elle secouait la tête, ce fut sa seule réaction. Le lit était entièrement trempé par les flocons de neige dont Fengxia avait été couverte et qui avaient fondu.

Fengxia fut enterrée au même endroit que Youqin. La neige avait cessé de tomber. Le soleil brillait et le vent du nord-ouest, déchaîné, soufflait très fort, couvrant totalement le bruissement des feuillages. Après l'enterrement, nous restâmes là, Erxi et moi, la houe et la pelle à la main. Poussés par le vent, nous avions du mal à nous tenir debout. Le sol était couvert de neige. Sous le soleil, il était d'une blancheur éblouissante. Seule la tombe de Fengxia faisait exception. Devant cette terre mouillée, nous n'avions pas le courage de partir.

— Moi aussi, père, je veux être enterré ici, dit Erxi en me montrant un espace de terre vierge avoisinant.

Je poussai un soupir.

— Il vaut mieux que ce coin-là me soit réservé, ripostai-je. De toute façon, je mourrai avant toi.

Après l'enterrement de Fengxia, il fallut aller chercher le bébé à l'hôpital. Erxi le prit dans ses bras et fit plus de dix lis pour nous l'apporter. On posa le bébé sur le lit et il ouvrit les yeux, les sourcils froncés. Ses prunelles allaient et venaient, comme pour chercher quelque chose, ce qui nous fit rire. Mais Jiazhen, elle, ne riait pas. Elle le regardait fixement, la main près de son visage. Elle se comportait exactement de la même façon qu'avec Fengxia. Effrayé, je me demandai ce qui lui arrivait. Erxi leva la tête et, en la voyant, s'arrêta de rire. Il resta là, les bras ballants, ne sachant que faire.

— Père, donne un prénom au bébé, me dit-il à voix basse, après un long silence.

Jiazhen se décida alors à parler.

— Ce bébé a perdu sa mère dès sa naissance. On va l'appeler "Kugen" ("Racine amère"), déclara-t-elle d'une voix enrouée.

Jiazhen mourut trois mois après sa fille. Les derniers jours, elle me disait souvent :

— C'est toi qui as enterré nos enfants, Fugui. Quand je songe que tu m'enterreras aussi de tes propres mains, j'ai l'esprit tranquille.

Elle savait qu'elle allait mourir, mais elle n'avait pas peur. Bien au contraire, elle était très sereine. Complètement épuisée, elle ne pouvait même plus s'asseoir. Allongée dans son lit, les yeux fermés, elle avait cependant l'oreille très fine encore. Quand je rentrais du travail, elle ouvrait les yeux et remuait la bouche. Je savais qu'elle était en train de me parler. Les derniers jours, elle parla beaucoup. Je m'asseyais à côté d'elle et je me penchais pour l'écouter. Sa voix était aussi faible qu'un battement de cœur. Ah, les hommes ! Ils cherchent toujours à se consoler au moment de la mort, même si, dans la vie, ils ont beaucoup souffert. Jiazhen s'était déjà fait une raison.

— Je vais bientôt mourir, me dit-elle. Je suis satisfaite de ma vie, car tu m'as beaucoup aimée. D'ailleurs, je t'en ai rendu grâce en te donnant deux enfants. J'espère que nous nous retrouverons dans notre vie future.

Sa dernière phrase me tira des larmes, qui tombèrent de mes yeux sur son visage. Elle sourit.

— Puisque mes enfants sont morts avant moi, je pars en paix, poursuivit-elle. Je n'ai plus à me soucier d'eux. Quoi qu'il en soit, ils m'ont respectée de leur vivant. Qu'est-ce qu'une mère peut souhaiter de plus ?

— Tu doit continuer à vivre, me dit-elle encore. Il te reste Kugen et Erxi. Tu peux considérer Erxi comme ton propre fils. Et quand Kugen grandira, il te respectera tout autant que Youqin.

Jiazhen mourut un jour à midi. Elle ouvrit les yeux lorsque je rentrai du travail. Mais comme elle ne disait rien, j'allai dans la cuisine lui préparer une soupe de riz. Je revins quelques instants plus tard et m'assis sur le lit, un bol de soupe à la main. Les yeux fermés, Jiazhen me saisit brusquement le poignet. Effrayé, et surpris du fait qu'elle ait encore autant de forces, j'essayai doucement de lui faire lâcher prise. En vain. Affolé, je posai précipitamment le bol de soupe sur un petit banc et je lui touchai le front. Il était chaud, ce qui me rassura. Jiazhen semblait dormir, le visage serein. je n'y lisais aucune trace de douleur. Peu de temps après, la main avec laquelle elle me tenait commença à refroidir. De nouveau affolé, je lui touchai le bras, mais celui-ci refroidissait aussi. Peu à peu, le froid gagna ses jambes puis tout son corps. Seule sa poitrine avait l'air d'avoir gardé encore un peu de chaleur. Puis tout à coup sa main lâcha prise et Jiazhen s'effondra sur moi.

*

— Jiazhen est morte tranquillement, me dit Fugui. Le crépuscule approchait. Par petits groupes, les paysans commençaient à quitter les champs. A l'ouest, suspendu sur l'horizon, le soleil avait perdu presque tout son éclat. Ce n'était plus qu'un disque rouge flottant sur une couche de nuages flamboyants.

Fugui me regardait en souriant, le visage éclairé par la lumière du couchant. Il était plein d'ardeur et d'allant.

— *Jiazhen est morte en paix, avec sérénité et dignité. Elle n'a laissé aucune ombre derrière elle, contrairement à certaines autres femmes du village qui ont suscité toutes sortes de commérages.*

Ce vieux me parlait de sa femme, morte il y a plus de dix ans, d'une telle façon que je me sentis envahi d'une sorte de tendresse indicible. J'avais l'impression de voir un espace couvert de jeunes herbes ondulant sous le vent. Un grand calme régnait dans le lointain.

Autour de moi, désertés par les paysans, les champs s'étendaient à perte de vue, immenses jusqu'à l'infini. Le soleil couchant y imprimait des reflets tels qu'on les aurait crus baignés d'eau. Les mains sur les genoux, Fugui me regardait, les yeux mi-clos. Comme il ne manifestait pas l'intention de se lever, je compris qu'il n'avait pas encore terminé son récit. Je devais en profiter pour qu'il me raconte la fin de son histoire.

— *Et Kugen, quel âge a-t-il maintenant ? lui demandai-je.*

Fugui m'adressa un regard indéchiffrable. Je ne savais pas s'il exprimait le soulagement ou la tristesse. Il le braqua ensuite sur le lointain.

— *En comptant les années, il aurait dû avoir dix-sept ans aujourd'hui, me répondit-il.*

*

Après la mort de Jiazhen, il ne me restait plus que Erxi et Kugen. Erxi avait fait faire un porte-bébé pour pouvoir emmener partout son fils sur son dos, ce qui n'était pas pour lui faciliter le travail. Transporteur, il tirait une charrette toujours pleine de marchandises et il n'avait jamais le temps de reprendre haleine. Il portait aussi sur le dos un sac rempli de couches. Quand le temps était humide et que les couches de son fils n'avaient pas eu le temps de sécher, il fabriquait un séchoir avec trois bambous qu'il fixait sur sa charrette et il y suspendait les couches mouillées. Les passants se moquaient de lui. Mais ses collègues, qui comprenaient bien ses difficultés, les injuriaient :

— Espèce d'imbéciles ! Qu'est-ce qui vous fait rire ? Si vous continuez, on vous fera pleurer.

Lorsque Erxi entendait son fils pleurer dans son dos, il comprenait d'après ses cris s'il avait faim ou s'il avait fait ses besoins.

— Quand les pleurs sont longs, c'est qu'il a faim, m'expliquait-il. Et s'ils sont courts, c'est qu'il a mal aux fesses.

Erxi avait raison. Son fils ne poussait pas de grands cris lorsqu'il avait fini de faire ses besoins. On avait même cru au début qu'il riait. Tout petit, Kugen savait déjà pleurer de différentes manières. Comme il aimait son père, il s'efforçait de lui faire comprendre rapidement ce qu'il voulait. Et en effet, ce comportement épargnait à ce dernier bien des ennuis.

Quand son fils avait faim, Erxi arrêtait sa charrette et partait à la recherche d'une femme en train d'allaiter.

— Donne-lui un peu de ton lait, je t'en prie, demandait-il en lui offrant dix centimes.

A la différence des autres pères, Erxi voyait son fils grandir. Il s'en apercevait au poids qu'il avait dans le dos.

— Il pèse encore plus lourd, me disait-il, l'air heureux.

Lorsque j'allais en ville, je rencontrais souvent Erxi, tout en sueur, tirant sa charrette dans la rue. La tête de Kugen se balançait hors du porte-bébé. Comme Erxi travaillait très dur, je lui proposai de me laisser son fils à la campagne, mais il refusa.

— Je ne peux plus me séparer de Kugen, père, me dit-il.

Le temps passa très vite. Quand Kugen put marcher tout seul, ce fut un soulagement pour Erxi. Lorsqu'il chargeait ou déchargeait sa charrette, il laissait son fils jouer à côté de lui, et lorsqu'il la tirait, il l'installait par-dessus. Kugen savait maintenant qui j'étais, car il entendait souvent Erxi m'appeler "père". Chaque fois que Kugen, assis sur la charrette, m'apercevait dans la rue, il se mettait à crier à Erxi :

— Père, ton père arrive !

Kugen était encore dans son porte-bébé qu'il avait déjà l'injure à la bouche. Quand il était en colère, il ne cessait de remuer les lèvres, le visage tout rouge. Personne ne savait ce qu'il disait, on ne voyait sortir de sa bouche que de la salive. Seul Erxi le comprenait.

— Ce sont des jurons, me confia-t-il un jour.

Quand Kugen sut marcher et dire quelques mots, il se montra plus malin. Lorsqu'il voyait un enfant avec un jouet à la main, il lui faisait signe d'approcher, un grand sourire aux lèvres.

— Viens ! Viens ! disait-il.

Et lorsque l'enfant se trouvait devant lui, Kugen commençait par lui enlever son jouet. Si l'enfant se défendait, il se mettait en colère.

— Va-t'en ! Va-t'en ! lui criait-il en le chassant.

Depuis la mort de sa femme, Erxi était tout à fait abattu. Déjà peu bavard, il parlait encore plus rarement. Quand on lui adressait la parole, il ne répondait que par onomatopées. C'est seulement avec moi qu'il consentait à parler un peu.

Kugen nous était devenu plus cher que notre propre vie. Plus il grandissait, plus il ressemblait à sa mère, ce qui nous serrait le cœur. Erxi pleurait parfois en le regardant. En tant que beau-père, je me permis de lui donner un conseil.

— Cela fait assez longtemps maintenant que Fengxia est morte. Tu devrais essayer de l'oublier…

Kugen avait trois ans à cette époque. Assis sur un banc, il balançait les jambes et nous écoutait attentivement, les yeux ronds. Erxi, la tête penchée, resta pensif.

— C'est tout ce qu'il me reste de Fengxia, me répondit-il enfin. De pouvoir penser à elle…

Comme je devais retourner au village et que Erxi devait aller travailler, nous quittâmes la maison ensemble. Dehors, Erxi se mit à marcher très vite en rasant les murs, comme s'il avait peur qu'on le reconnaisse. Kugen, qu'il tirait par la main, vacillait sur ses jambes. Je savais qu'il était inutile de demander à Erxi de faire autrement, car il n'avait plus sa tête depuis que Fengxia n'était plus là.

— Erxi, ne marche pas trop vite, Kugen ne peut pas te suivre, il va tomber ! lui crièrent des voisins.

Erxi leur répondit par un grognement, sans ralentir le pas. Kugen, qui avançait toujours en oscillant, passait son temps à regarder à gauche et à droite. Nous arrivâmes à un carrefour.

— Erxi, je vous laisse ici, dis-je.

Il s'arrêta, et leva l'épaule pour me regarder.

— Je dois te quitter, Kugen, ajoutai-je.

— Eh bien, va-t'en, répondit celui-ci d'une voix aiguë en agitant la main.

J'allais en ville chaque fois que l'occasion s'en présentait. J'avais du mal à rester au village. J'avais toujours l'impression que ma maison était là où se trouvaient Erxi et son fils. Tout seul, je ne vivais pas en paix.

Kugen vint plusieurs fois à la campagne. Très content, il courait partout. En voyant des oiseaux sur un arbre, il me demanda de les lui attraper. Et comme je lui répondais que je n'y arriverais jamais, il me montra le sommet de l'arbre en disant :

— Tu n'as qu'à grimper là-haut !

— Mais je tomberais sûrement ! Tu veux que je meure ?

— Non, je ne veux pas ça, mais je veux les oiseaux, insista-t-il.

Quand Kugen était à la campagne, la vie était encore plus difficile pour son père. Comme il ne supportait pas de rester un jour sans voir son fils, il venait au village après son travail et repartait le lendemain matin. Déjà épuisé par son travail, il devait donc faire encore plus de dix lis à pied. J'estimai que c'était trop fatigant pour lui et je décidai un jour de lui ramener Kugen en ville avant la tombée de la nuit. De toute façon, je n'avais rien de mieux à faire depuis la mort de Jiazhen.

— Reste ici, père, me proposa Erxi lorsque j'arrivai.

Finalement, je restai plusieurs jours chez eux. Si j'avais voulu habiter là définitivement, Erxi l'aurait volontiers accepté. Il me disait souvent que, dans une maison, trois générations valent mieux que deux. Mais je ne voulais pas être à sa charge. J'avais encore assez de forces pour gagner ma vie. En travaillant tous les deux, nous avions plus d'argent à notre disposition pour Kugen.

Nous avons vécu ainsi toute une année. Puis, quand son fils eut quatre ans, Erxi mourut, écrasé sous un bloc de béton. Dans son métier, la moindre négligence entraînait toujours un petit accident, mais jamais la mort, comme pour lui. Les membres de la famille Xu étaient décidément tous promis à un malheureux destin.

Erxi était en train d'installer des blocs de béton sur sa charrette, lorsque, pour on ne sait quelle raison, la grue où se trouvaient accrochés quatre de ces blocs tourna de son côté. Personne n'avait remarqué Erxi, caché derrière le bloc qu'il chargeait. Tout à coup, on entendit un cri :

— Kugen !

Ses collègues me racontèrent ensuite que ce cri les avait effrayés. Ils n'auraient jamais cru que Erxi pouvait crier si fort. C'était comme si sa poitrine avait fait explosion. Lorsqu'ils l'aperçurent, mon gendre était déjà mort. Certaines parties de son corps étaient écrasées sur le bloc de béton, au point qu'on n'y trouvait plus un os entier. De la chair et du sang y étaient restés collés comme de la pâte à papier. Erxi avait le cou tendu et la bouche grande ouverte. Pour appeler son fils…

Kugen se trouvait alors au bord d'un étang voisin, s'amusant à jeter des pierres dans l'eau. Quand son père l'avait appelé, il s'était retourné et avait demandé très haut :

— Qu'est-ce que tu veux ?

L'appel ne s'était pas répété et il avait recommencé à jeter des pierres dans l'eau. Lorsque la nouvelle officielle de la mort de Erxi était venue de l'hôpital, quelqu'un était allé chercher son fils :

— Kugen ! Kugen ! Ton père est mort.

Comme il ne comprenait pas ce que signifiait la mort, Kugen répondit simplement :

— Bon. Maintenant je le sais.

Et il se remit à jeter des pierres dans l'eau.

J'étais en train de travailler aux champs quand un collègue de Erxi arriva.

— Va vite à l'hôpital, me dit-il. Erxi est en train de mourir.

— Je ne veux pas aller à l'hôpital ! m'écriai-je en pleurant. Il faut le sortir de là !

Il me regarda, stupéfait, pensant que j'étais devenu fou.

— S'il reste dans cet hôpital, il n'y survivra pas !

Mes enfants y étaient morts tous les deux, mais je n'aurais jamais imaginé y voir Erxi. C'était la troisième fois que je devais pénétrer dans cette morgue. J'étais trop vieux pour supporter ça.

Lorsque j'allai récupérer le corps de Erxi, je m'évanouis devant la porte de la morgue. Et je finis, moi aussi, par être hospitalisé.

Après la mort de Erxi, j'emmenai Kugen au village. En quittant la ville, je pris quelques menus objets pour moi et je donnai tout le reste aux voisins. Il faisait presque nuit lorsque je partis. Les voisins vinrent tous me faire leurs adieux et ils m'accompagnèrent jusqu'au bout de la rue.

— Revenez nous voir de temps en temps, me dirent-ils.

Certaines des femmes avaient les larmes aux yeux. Tout en caressant Kugen, elles disaient :

— Cet enfant a vraiment un mauvais destin.

Kugen n'était pas content d'être arrosé de larmes. Il me tirait par la main et me pressait de partir :

— Allez, viens !

Nous partîmes. Il faisait de plus en plus froid. Un vent glacial nous pénétrait dans le cou.

De toute une famille, il ne restait maintenant que deux personnes. J'en étais tellement affligé qu'il ne me venait même pas un soupir. Cependant, la présence de Kugen me réconfortait. C'était lui qui assurerait la descendance de la famille. Je lui devais de continuer à vivre.

230

En passant devant un restaurant de nouilles, Kugen s'écria brusquement :

— Je ne vais pas manger des nouilles !

Plongé dans mes pensées, je n'y fis pas attention. Mais il s'écria de nouveau :

— Je ne vais pas manger des nouilles !

Et là-dessus il s'arrêta net, m'empêchant d'avancer. Je compris alors qu'il avait envie de nouilles. Comme il n'avait plus de parents, c'était à moi de satisfaire son désir. Pour neuf centimes, je lui offris un petit bol de nouilles qu'il avala comme un goinfre, trempé de sueur. Il se lécha les lèvres encore longtemps après être sorti du restaurant.

— On reviendra demain, d'accord ? me dit-il.

— D'accord, répondis-je en hochant la tête.

En passant devant une épicerie, Kugen m'arrêta de nouveau.

— Je voulais des bonbons, mais comme je viens de manger des nouilles, ce sera pour une autre fois, me dit-il, d'un air très sérieux.

Je compris qu'il les voulait toujours, ces bonbons, et qu'il avait simplement changé de manière de s'exprimer. Je sortis de ma poche une pièce de deux centimes, mais après un instant d'hésitation, je la changeai pour une pièce de cinq centimes et lui achetai cinq bonbons.

Arrivé à la maison, Kugen se plaignit d'avoir très mal aux pieds. Le chemin avait dû le fatiguer. Je le laissai s'allonger sur le lit et j'allai faire chauffer de l'eau pour le soigner. Lorsque je revins, il dormait à poings fermés, les pieds appuyés contre le mur. Sa position me fit rire, mais elle était sans doute plus confortable pour lui. J'étais étonné de voir que, tout petit encore, il savait déjà prendre soin de sa personne. Et mon cœur se serra à l'idée qu'il ne savait même pas qu'il ne reverrait plus son père.

Cette nuit-là, j'éprouvai beaucoup de difficultés à respirer. Je me réveillai et m'aperçus que les fesses de Kugen reposaient sur ma poitrine. Je me dégageai et essayai de me rendormir, mais il me remit aussitôt ses fesses sur la poitrine. Je ne comprenais pas pourquoi, mais en touchant soudain un endroit mouillé, je me rendis compte qu'il avait pissé au lit. "Laissons-le dormir comme ça", pensai-je.

Le lendemain, il se rappela son père. Il jouait dans le petit chemin qui bordait le champ où je travaillais quand il me demanda tout à coup :

— C'est toi qui vas me ramener ou c'est mon père qui va venir me chercher ?

En le voyant, les habitants du village le plaignirent et secouèrent la tête.

— Tu peux bien rester ici, lui dit l'un d'eux.

— Non, je dois rentrer, répondit-il avec beaucoup de sérieux.

Au crépuscule, Kugen commença à s'inquiéter de l'absence de son père. Il se mit à parler si vite que je ne comprenais pas un mot de ce qu'il disait. Je me demandai s'il n'était pas en train de proférer des jurons.

— Tant pis s'il ne vient pas me chercher, finit-il par articuler lentement, en redressant la tête. Comme je ne connais pas le chemin, tu vas me ramener chez moi.

— Ton père est mort, lui dis-je. Il ne pourra plus venir te chercher et moi, je ne peux pas non plus te ramener chez toi.

— Je sais bien qu'il est mort puisqu'il fait déjà nuit et qu'il n'est pas là, me répondit-il.

Le soir, au lit, je lui expliquai ce qu'était la mort. Un mort, lui dis-je, doit être enterré, et ensuite on ne le voit plus. Kugen se mit d'abord à trembler de peur, puis à pleurer à l'idée qu'il ne reverrait plus son père. Ses petites joues étaient appuyées sur mon cou et ses larmes coulaient sur la poitrine. Peu à peu, il s'endormit.

Deux jours plus tard, je l'emmenai sur la tombe de son père. Arrivé à l'ouest du village, je lui montrai tour à tour la tombe de sa grand-mère maternelle, celle de sa mère, puis celle de son oncle. Sans que je lui dise rien, il me montra alors la tombe de son père et se mit à pleurer.

— C'est celle-là…

Six mois plus tard, on commença à appliquer au village les nouvelles directives qui fixaient pour chaque foyer un quota de production. La vie devint plus dure pour moi, car je devais cultiver seul le *mu* et demi de terre qui m'avait été attribué par la collectivité. A l'époque de la commune, comme tout le monde travaillait ensemble, je pouvais m'abriter derrière les autres pour paresser de temps en temps. Mais maintenant les champs m'attendaient tous les jours et si je n'y allais pas, personne n'irait travailler à ma place.

Ayant pris de l'âge, j'avais mal aux reins et je n'y voyais pas clair. J'étais obligé de me reposer cent fois quand je transportais mes légumes en ville, alors qu'autrefois je ne faisais pas la moindre pause. Comme dit le proverbe : "Qui va lentement doit partir avant les autres." Je partais donc avant l'aube, car si j'étais arrivé trop tard en ville je n'aurais plus trouvé de clients. Kugen menait une vie dure à cause de moi. Tous les matins, je le réveillais alors qu'il dormait encore d'un sommeil profond. Tiré du lit, il me suivait, les yeux mi-clos, la main sur un panier. Kugen était un brave garçon. Lorsqu'il était tout à fait réveillé, il m'arrêtait et, comme il savait que ma charge était lourde, il sortait deux choux de mes paniers et les prenait dans les bras. Puis, marchant devant moi, il tournait la tête de temps en temps pour me demander :

— C'est moins lourd, non ?

Cela me rendait très heureux.

— Beaucoup moins lourd, répondais-je.

Il n'avait que cinq ans mais Kugen m'aidait déjà beaucoup. Il me suivait partout où j'allais. Il travaillait avec moi, même à la récolte du riz. Pour un prix modique, j'obtins d'un forgeron de la ville qu'il lui fabrique une petite faucille. Elle lui fit très plaisir. D'habitude, lorsque nous passions par la rue qu'il avait habitée avec ses parents, Kugen filait à mon insu jouer avec ses anciens camarades. Je l'appelais en vain, il ne me répondait pas. Mais ce jour-là, lorsque je lui dis que j'allais lui faire faire une faucille, il me suivit sans me lâcher la main jusque chez le forgeron. Et il attendit ensuite en silence. Plus tard, quelqu'un étant entré, Kugen lui montra tout de suite sa faucille.

— Elle appartient à Kugen, lui dit-il.

Ses camarades vinrent le chercher, mais il refusa de les suivre.

— Non, je n'ai pas le temps de vous parler, déclara-t-il d'un air supérieur.

Il voulut dormir avec sa faucille. Et comme je le lui interdis, il la mit sous le lit. La première chose qu'il fit à son réveil, ce fut de la reprendre. Plus on utilise une faucille, plus elle devient tranchante, lui expliquai-je, et plus on travaille, plus on a de forces. Il me regarda longuement, les yeux écarquillés.

— Alors plus ma faucille est tranchante, plus j'ai de force, déclara-t-il soudain.

Evidemment, il coupait le riz beaucoup moins vite que moi et il était fâché quand il me voyait plus avancé.

— Fugui, va moins vite ! me criait-il.

Il ne m'appelait pas grand-père, mais Fugui, comme tous les habitants du village.

— C'est toi qui as coupé tout ça ? lui demandais-je en lui montrant les plants de riz que j'avais coupés moi-même.

Cela le faisait rire. Ravi, il me montrait ce qu'il avait coupé de son côté et ripostait :

— C'est toi qui as coupé tout ça ?

Kugen se fatiguait vite. Il allait souvent s'allonger à la lisière du champ.

— Fugui, ma faucille n'est plus tranchante, me disait-il.

Il me signifiait par là qu'il n'avait plus de force. Après s'être reposé un moment, il se relevait et me regardait travailler.

235

— Fugui, ne marche pas sur les épis de riz, me disait-il de temps en temps.

Cela faisait rire les paysans qui travaillaient à côté. Le chef était là, lui aussi. Il était vieux aujourd'hui, mais il était toujours notre chef. Sa famille étant nombreuse, on lui avait attribué cinq *mu* de terres à côté des miennes.

— Ce gamin a la langue bien pendue, remarqua-t-il.

— Cela vient de ce que Fengxia ne pouvait pas parler, affirmai-je.

Certes, la vie était dure et fatigante, mais nous étions heureux. Kugen me donnait du cœur à vivre. Je me sentais de plus en plus tranquille au fur et à mesure qu'il grandissait. Au crépuscule, assis sur le pas de la porte, nous regardions tous les deux le soleil arroser les champs de ses derniers rayons. De loin, nous parvenaient les cris des paysans, tandis que les deux poules de la maison passaient et repassaient devant nous. Nous étions très unis et ne cessions pas de bavarder. Nos deux poules me rappelant mon père, je répétai à Kugen ce qu'il avait l'habitude de dire :

— Les deux poules se transformeront en oie, l'oie se transformera en mouton et le mouton en buffle. Et nous, nous deviendrons riches.

Ces propos le firent beaucoup rire, mais il ne les oublia pas. Chaque fois qu'il sortait des œufs du poulailler, il les répétait en chantonnant.

Quand nous avions un surplus d'œufs, nous allions le vendre en ville.

— Quand nous aurons suffisamment d'argent, nous achèterons un buffle, dis-je à Kugen. Et comme ça tu pourras jouer sur son dos.

— Alors, les deux poules se transformeront en buffle ! s'exclama-t-il, les yeux pétillants.

Kugen vécut désormais dans l'attente de ce buffle.

— Fugui, est-ce qu'on va l'acheter aujourd'hui ? me demandait-il tous les matins, au réveil.

Après avoir vendu les œufs, si je voulais lui acheter des bonbons, il me disait :

— Un seul, ça suffira. N'oublie pas qu'on doit acheter un buffle.

Le moment de la récolte du coton arriva. En un rien de temps, Kugen était déjà entré dans sa septième année. Il avait de plus en plus de force. Un jour, la radio du village annonça qu'un orage allait éclater le lendemain. Je fus pris de panique. Sur toutes mes terres, le coton était mûr et un orage lui serait fatal. J'expliquai à Kugen qu'il allait falloir tout récolter dans la journée et, dès l'aube, je l'emmenai aux champs.

— Fugui, j'ai la tête qui tourne, me dit-il.

— Il faut qu'on s'y mette, répondis-je. Tu iras jouer quand nous aurons fini.

Nous nous mîmes au travail. Au bout d'un moment, Kugen alla s'étendre à la lisière du champ.

— J'ai la tête qui tourne, me répéta-t-il lorsque je lui demandai de reprendre le travail.

Je le laissai se reposer un peu, mais il ne voulut plus se relever. J'étais furieux et je le menaçai :

— Si on ne finit pas aujourd'hui, on ne pourra jamais acheter le buffle.

Il se releva.

— Mais j'ai vraiment mal à la tête, me dit-il.

Nous travaillâmes jusqu'à midi. Soulagé de voir que nous avions déjà récolté la moitié du coton, je pris Kugen par la main pour rentrer déjeuner. Sa main était beaucoup trop chaude. Effrayé, je m'empressai de lui toucher le front. Il était brûlant. Je fus convaincu alors qu'il était vraiment malade. Quel idiot j'étais de l'avoir forcé à travailler ! En arrivant à la maison, il s'allongea tandis que je lui préparais une tisane au gingembre. A en croire les habitants du village, cette plante pouvait guérir toutes les maladies. Comme nous manquions de sucre, je pensais y mettre du sel, mais je changeai d'avis. Kugen méritait mieux. J'allai emprunter du sucre chez un voisin.

— Je vous le rendrai plus tard, lui dis-je.

— Mais non, ce n'est rien, me répondit-il.

Après sa tisane, je donnai à Kugen une soupe de riz. Puis, je mangeai moi-même et j'essayai de le consoler :

— Dors bien et ça ira mieux.

Attristé de le voir dans cet état, je décidai d'aller lui cueillir des petits pois, assez pour remplir la moitié de la poêle. Puis je rentrai les faire cuire avec du sel et je les posai à côté de Kugen, sur un petit banc. Ce qui le fit sourire.

— Tu devrais en manger un peu aussi, me dit-il au moment où je partais.

Je ne rentrai qu'au crépuscule. J'avais récolté tout le coton, j'étais complètement épuisé. Je tremblais sur mes jambes en faisant le petit bout de chemin qui me séparait de la maison.

— Kugen ! Kugen ! appelai-je en rentrant.

Comme il ne répondait pas, je crus qu'il dormait. Il était allongé de travers dans son lit, et dans sa bouche entrouverte on apercevait quelques petits pois à moitié mâchés. Effrayé de voir sa bouche toute grise, je le secouai en criant très fort. Il se laissa faire sans un mot. La frayeur s'empara de moi. Je me demandai s'il était mort. Je le secouai de nouveau, mais il ne dit toujours rien. Pris de panique, craignant qu'il ne soit vraiment mort, je me précipitai dehors et arrêtai un jeune homme qui passait.

— Viens voir Kugen, je t'en prie, lui dis-je. On dirait qu'il est mort, mais je n'en suis pas sûr.

Le jeune homme me dévisagea un instant, puis entra en trombe dans la maison. Après avoir secoué Kugen à plusieurs reprises, et être resté longtemps l'oreille collée sur sa poitrine, il finit par me dire :

— Je n'entends pas battre son cœur…

Des habitants du village arrivèrent en grand nombre. Ils secouèrent Kugen, écoutèrent son cœur.

— Il est mort, me dirent-ils.

Kugen était mort d'avoir mangé trop de petits pois et pourtant, il n'était pas gourmand. C'était notre misère qui était la cause de tout ça. Les autres enfants du village vivaient tous mieux que Kugen, qui avait même rarement l'occasion de manger des petits pois. Quelle idée de lui en avoir préparé tant ! Quel imbécile, quel idiot j'étais ! C'était moi le responsable de la mort de Kugen…

Maintenant, je n'ai plus personne. J'ai toujours pensé qu'il ne me restait que peu de temps à vivre, mais les années passent sans que je m'en aperçoive. Comme autrefois, j'ai souvent mal aux reins et la vue brouillée. Mais j'ai toujours l'oreille fine. Les yeux fermés, je suis capable de reconnaître celui qui me parle. Désormais, je me sens à la fois triste et rassuré. C'est moi qui ai enterré tous les membres de ma famille. Quand ma mort viendra, je n'aurai plus à me faire de souci pour qui que ce soit. Je ne suis pas obsédé par l'idée de la mort car j'aurai l'esprit tranquille à ce moment-là. Je n'aurai même pas à me préoccuper de savoir qui m'enterrera. Je suis sûr qu'il se trouvera quelqu'un pour s'en occuper. Si on me laissait pourrir, l'odeur incommoderait tout le monde. De toute façon, la personne qui m'enterrera trouvera sa récompense. Sous mon oreiller, j'ai déposé un billet de dix yuans que je ne dépenserai jamais pour rien d'autre, même si je devais mourir de faim. Les habitants du village savent tous que cet argent doit revenir à celui qui prendra soin de ma dépouille, et ils savent aussi que je souhaite être enterré près des miens.

Je n'ai rien fait d'extraordinaire de cette vie qui va bientôt toucher à sa fin. Mon père avait tort de compter sur moi pour honorer nos ancêtres. Hélas, tel n'était pas mon destin. Tout jeune, j'ai vécu une période de faste grâce à la fortune que nous avaient léguée nos ancêtres, mais très vite mes conditions de vie n'ont cessé de se dégrader. Contrairement à ce qu'on pense, cela a été plutôt une bonne chose. Il me suffit de regarder autour de moi pour m'en convaincre. Après une courte période de prospérité, Long'er et Chunsheng ont mal fini tous les deux. A mon avis, mieux vaut vivre simplement. A se battre pour obtenir ceci ou cela, on perd la vie. Voilà pourquoi je suis toujours en vie, moi qui ne suis bon à rien, alors que les autres ne cessent de mourir autour de moi.

Un an avait passé depuis la mort de Kugen. J'avais économisé assez d'argent pour m'acheter un buffle. Cet achat me paraissait nécessaire puisqu'il me restait encore quelques années à vivre. Un buffle équivaut à une moitié d'homme. Il pourrait travailler pour moi, et aussi me tenir compagnie. Je pourrais lui parler et l'emmener manger au bord de l'eau, comme un enfant.

Il se tenait un grand marché aux buffles à Xinfeng. Je me mis en route, l'argent caché sous ma veste. Sur l'aire de battage d'un village voisin, j'aperçus toute une foule qui entourait un buffle, accroupi par terre, la tête penchée et les yeux pleins de larmes. A côté de lui, à genoux, torse nu, un homme aiguisait un couteau, tandis que les spectateurs discutaient entre eux de la meilleure façon de tuer l'animal. Les pleurs de ce vieux buffle m'allèrent droit au cœur. Quelle vie pitoyable ! Après avoir peiné pour les autres, maintenant qu'il avait moins de force, il se laissait tuer pour donner sa viande aux hommes.

Ne voulant pas voir le buffle expirer sous ce couteau, je repris la route pour Xinfeng. Mais je n'avais pas l'esprit en paix. Ce buffle avait conscience qu'il allait bientôt mourir. Sous sa tête, la terre était toute mouillée de ses larmes… J'avais de plus en plus mal à poursuivre mon chemin. Tout à coup, je me dis qu'il fallait à tout prix que j'achète ce buffle. Je revins sur mes pas.

Il était déjà attaché quand j'arrivai.

— Pitié ! Vends-moi ce buffle, dis-je à l'homme au torse nu.

Il était en train de vérifier du doigt le tranchant de son couteau.

— Qu'est-ce que tu racontes ? demanda-t-il après m'avoir dévisagé un moment.

— Je veux acheter ce buffle, répondis-je.

Ils se mirent tous à rire, lui et ceux qui l'entouraient. Ils se moquaient de moi, mais je sortis l'argent de ma veste.

— Compte, dis-je en le lui mettant dans la main.

Confus, il me regarda et se gratta la tête.

— Tu veux vraiment l'acheter ? me demanda-t-il.

Sans un mot, je m'agenouillai et détachai le buffle. Après quoi, je me relevai et lui donnai une tape sur la tête. Intelligent, le buffle comprit qu'on lui avait épargné la vie. Il se redressa brusquement, et ses larmes cessèrent de couler.

— Tu as compté l'argent ? demandai-je à l'homme au torse nu, bride en main.

Celui-ci fixait mes billets, comme s'il en appréciait l'épaisseur.

— Ce n'est pas la peine, tu peux partir avec le buffle, répondit-il.

Mon départ souleva des rires dans la foule.

— J'ai fait une belle affaire aujourd'hui, remarqua l'homme, mes billets à la main.

Les buffles comprennent les hommes. Sur le chemin du retour, mon buffle ne cessa de me frôler pour me manifester sa reconnaissance et sa sympathie. Il savait que je lui avais sauvé la vie.

— Ne te fais pas trop d'illusions, lui dis-je. Je t'emmène pour te faire travailler, il ne faut pas t'imaginer que tu vas être traité comme un roi.

Une foule de curieux m'entoura lorsque j'arrivai au village. Ils déclarèrent que j'étais idiot d'avoir acheté un si vieux buffle.

— Ton buffle doit être encore plus vieux que toi, Fugui, me dit l'un d'eux.

A en croire les connaisseurs, mon animal avait au maximum deux ou trois ans à vivre. Je trouvais cela amplement suffisant, d'autant plus que je ne pensais pas durer moi-même aussi longtemps. A ma grande surprise, et à celle des habitants du village, nous sommes toujours en vie, mon animal et moi. Hier encore, j'ai entendu quelqu'un nous qualifier d'"immortels".

Je considère mon buffle comme faisant partie de ma famille. Après avoir mûrement réfléchi, j'avais décidé de l'appeler "Fugui", "Grand Bonheur". Ce nom lui va très bien car nous nous ressemblons énormément tous les deux, ce qui me fait très plaisir. Les habitants du village trouvent aussi que nous nous ressemblons, et quand ils me le disent, je suis si heureux de cette confirmation que je les gratifie d'un grand sourire.

Fugui est un brave animal, même s'il fait le paresseux de temps en temps. Il arrive aux hommes aussi de faire les paresseux, ce qui leur interdit de critiquer mon buffle. Je sais très bien répartir son temps de travail et de repos. Quand je me sens fatigué, je sais qu'il est fatigué lui aussi et je le laisse se reposer. Et quand

243

les forces me reviennent, nous recommençons tous les deux à travailler.

*

Après avoir terminé son récit, le vieux se leva. Il secoua la poussière de ses fesses et appela son buffle, qui se trouvait au bord de l'étang. L'animal arriva, tête baissée. Sa charrue sur l'épaule, le vieux le reprit par la bride et se mit en route.

Les deux "Fugui" avaient les extrémités pleines de boue. Ils marchaient lentement, en oscillant légèrement. J'entendis le vieux dire à son animal :

— Aujourd'hui, Youqin et Erxi ont labouré un mu entier de terre, Jiazhen et Fengxia plus de deux tiers, et même Kugen en a labouré une moitié. Quant à toi, je préfère ne pas le dire, tu te sentirais trop honteux. Néanmoins, comme tu es vieux, je dois reconnaître que tu as fait de ton mieux.

Le vieux et son animal s'éloignèrent. La voix de Fugui me parvint de loin, rauque, émouvante. Il chantait, et sa chanson flottait comme le vent sous le ciel crépusculaire :

> Jeune, je batifolais
> Adulte, j'ai recherché le silence
> Vieux, je vis maintenant comme un moine…

Les fumées des cuisines s'élevaient au-dessus des maisons du village et disparaissaient dans les derniers rayons du soleil couchant. Les femmes rappelaient leurs enfants à la maison. J'entendis grincer la palanche d'un homme qui passa devant moi, chargé de deux seaux remplis d'excréments. Petit à petit, le calme revenait sur les champs. Les rayons pourpres du couchant s'estompaient à l'horizon. L'obscurité se faisait petit à petit, le rideau du soir n'allait pas tarder à tomber. Immense, la terre s'étendait nue et musclée devant moi. Il me sembla entendre son appel, pareil à celui des femmes cherchant leurs enfants.

La terre annonçait la nuit.

LA CHINE
1940-1976

Chronologie sommaire

1940   Depuis trois ans, les nationalistes, dirigés par
        Chiang Kai-shek, font la guerre aux Japonais.

1945   Reddition japonaise.
        Guerre civile entre les nationalistes de Chiang
        Kai-shek et les communistes de Mao.

1949   Victoire des communistes.
        Etablissement de la république populaire de
        Chine.

1950   Plusieurs mouvements politiques agitent le
        pays.
        Les membres de la haute bourgeoisie, les riches
        propriétaires, tous ceux qui sont jugés "contre-
        révolutionnaires" sont publiquement humiliés,
        voire exécutés.

1957   Lancement du Grand Bond en avant. La nation
        entière est mobilisée pour accroître la produc-
        tion agricole et industrielle.
        Chacun est appelé à donner le fer qu'il possède,
        c'est-à-dire, principalement, à fondre ses ustensiles
        ménagers, dans le but d'atteindre une production

de 10 700 000 tonnes d'acier. Partout en Chine, on construit des petits hauts-fourneaux pour faire de l'acier.

1958   Pendant toute l'année, les mouvements de masse vont se succéder, et aboutir, entre autres, à la création des "grandes marmites communales". Tout le monde prend désormais ses repas en commun.

1961   Des dizaines de millions de personnes meurent d'une famine qui résulte des mesures politiques irréfléchies du Grand Bond en avant, du retrait de l'aide soviétique et d'une série de catastrophes naturelles.

1966   Mao lance la Révolution culturelle prolétarienne. Elle durera plus de dix ans et ébranlera toutes les couches de la population.
Il en appelle à la jeunesse de la nation, qui "a le droit de se rebeller", et l'exhorte à renverser les partisans de la ligne "pro-capitaliste" de Liu Shaoqi et Deng Xiaoping. On ferme écoles et bureaux.
La population se lance dans la "révolution permanente".
Les jeunes se constituent en groupes de gardes rouges et se déchaînent à travers tout le pays, poursuivant, pour le punir, l'"ennemi de classe", qu'il soit enseignant, voisin ou cadre.

1971   Après trois années d'une violence qui s'est propagée dans tout le pays, Mao ordonne à l'armée de reprendre la situation en main.

Une génération entière d'étudiants est envoyée à la campagne pour y être rééduquée par les paysans.

1976   A la mort de Mao, en septembre, la Révolution culturelle prend fin. La plupart de ses chefs, la Bande des quatre, sont arrêtés.

BABEL

Extrait du catalogue

OUVRAGE RÉALISÉ
PAR L'ATELIER GRAPHIQUE ACTES SUD
REPRODUIT ET ACHEVÉ D'IMPRIMER
EN DÉCEMBRE 2018
PAR NORMANDIE ROTO IMPRESSION S.A.S.
61250 LONRAI
SUR PAPIER FABRIQUÉ À PARTIR DE BOIS PROVENANT
DE FORÊTS GÉRÉES DURABLEMENT
POUR LE COMPTE DES ÉDITIONS
ACTES SUD
LE MÉJAN
PLACE NINA-BERBEROVA
13200 ARLES

DÉPÔT LÉGAL
2e ÉDITION : SEPTEMBRE 2013
N° d'impression : 1804976
(Imprimé en France)